The last Cigar

마지막 시가
2

The last Cigar
마지막 시가 2

초판 1쇄 인쇄   2024년 06월 28일
초판 1쇄 발행   2024년 07월 15일

신고번호   제313-2010-376호
등록번호   105-91-58839

지은이   진광열(秦光烈)

발행처   보민출판사
발행인   김국환
기획   김선희
편집   최정아
디자인   김민정

ISBN   979-11-6957-170-8   (세트)
　　　　　979-11-6957-173-9   (04810)

주소   경기도 파주시 해올로 11, 우미린더퍼스트@ 상가 2동 109호
전화   070-8615-7449
사이트   www.bominbook.com

• 가격은 뒤표지에 있으며, 파본은 구입하신 서점에서 교환해드립니다.
• 이 책은 저작권법에 의하여 보호를 받는 저작물이므로 무단 전재와 복사를 금합니다.

The last Cigar
마지막 시가 2

진광열 지음

욕망의 그늘

아버지 저우의 가르침을 잊어버리고 탐욕스럽게 변해가는
리차드를 통해 인간의 욕망이 얼마나 부질없는가를 이야기한다

책머리에

순결
- 그 무위(無爲)의 동사(動詞)에 대하여

그대에게는 순결이 남아 있는가. 자신이 지나온 날들을 헤아리는 그대만이 사람의 세상에서 복되다.

「너희 중에 죄 없는 자가 먼저 이 여자를 돌로 쳐라.
 나이 들은 사람부터 그 자리를 떠났다」
- 요한복음 7:53~8:11

「나도 네 죄를 묻지 않겠다. 어서 돌아가라.
 그리고 이제부터는 다시 죄짓지 마라」

그러므로 오늘 지금 그대가 무엇을 생각하고, 무엇을 하고 있는가가 남은 순결의 출발점이다. 그대의 자로 타인의 순결은 재어지지 않는다. 지금, 이 순간부터 재어지는 숫자만이 그대에게 남겨진 순결의 「길이」이다.

타인의 뒤를 파낸 흙은 그대의 무덤이다. 뱀의 혀가 되어 독을 내뿜지 말라. 그 독은 그대의 몸으로 되돌아와서 그대를 그 흙무덤에 묻히게 할 뿐.

지난날의 그대와 오늘의 그대가 다르지 않다면 나는 그대의 순결과 작별하겠다.

연(緣)을 빌미로 작당하지 말고 혼자서 가라.
혼자서 가는 그대만이 순결이 맞아줄 것이다.

사람의 세상에서 순결은 무위의 동사다. 그러므로 홀로 갈 때만이 동사 하나를 잃지 않게 될 것인데 나는 이제야 그것을 겨우 알아차렸으니 이미 때가 늦었는지도 모를 일이다.

때에 쩌든 손을 내미는 걸인에게 담배 한 대 건네며 두 손 모아 불을 붙혀준 아침의 햇살은 한없이 밝았는데, 도서관은 아직 문을 열지 않았다. 나는 차가운 콩크리트 벤치에 앉아 순결에 대해 정의

할 수 없었다.

416년 전 바다에서 맞은 이순신의 죽음과 35년 전 죽은 박정희의 죽음만이 유이(有二)한 순결이다.

2024년 5월
San Jose, Homestead 도서관에서

진광열

차례

제3부. 총 그리고 활

모빌 홈 • 12

참나무 벤치 • 23

에덴의 동쪽 • 26

원탁회의 • 39

총 • 61

혁명호 • 72

골동품 • 76

갯바위 • 99

황금꽃 • 123

부러진 돛대 • 152

상업노예(商業奴隷) • 163

쿠엔의 활 • 207

제3부
총 그리고 활

워싱턴에 있는 대추장은 우정과 우의의 말과 함께 우리의 땅을 사고 싶다는 전갈을 보내왔다.

(중략)

우리가 만약 그대들의 제안을 거부하면 그대들은 총을 들고 올 것이고, 우리의 땅을 강제로 빼앗을 것을 우리는 너무나 잘 알고 있다.

(중략)

어떻게 감히 하늘의 푸르름과 땅의 온기를 팔 수가 있다는 말인가. 우리의 소유가 아닌 신선한 공기와 반짝이는 냇물을 당신들이 어떻게 돈으로 살 수가 있다는 말인가. 이 땅의 모든 부분은 우리 종족에게 있어 소중한 것이다. 아침에 반짝이는 솔잎 하나도, 냇물의 모래밭도, 울창한 숲의 이끼더미도, 모든 언덕과 곤충들의 윙윙대는 소리도 우리 종족의 경험에 따르면 신성한 것이다.

우리는 땅의 한 부분이고, 땅은 우리의 한 부분이다. 향기로운 꽃들은 우리의 형제이고 사슴과 말, 커다란 독수리까지 우리 모두의 형제이다. 그리고 거친 바위산과 초원의 푸르름, 소들과 작은 조랑말의 따스함 그리고 사람은 모두 한 가족이다.

산과 들판을 반짝이며 흐르는 물은 우리에게 있어 그냥 물이 아니다. 흐르는 물은 우리 조상의 피와 같다. 생명의 실타래는 사람이 만든 것이 아니라 사람은 그중 하나의 실가닥일 뿐이다.

(중략)

워싱턴의 대추장이 우리의 땅을 사고 싶다라는 전갈을 보내온 것은 우리의 모든 것을 달라는 말과 같다.

(중략)

호수의 물속에 비춰진 신령스러운 모습들 하나 하나는 우리 삶의 일들과 기억들을 이야기해주고 있음을 그대들의 아이들에게 가르쳐야 한다.

(중략)

신이 우리 모두를 사랑하듯이 우리의 신은 하나라는 것을 우리는 알고 있다. 우리는 한 형제임을 알게 되리라.

- 1854년 미국 대통령 피어스에게 보낸
「씨애틀 추장의 편지」중에서

모빌 홈

별이 빛나는 밤에도 바다는 검푸른 모습 그대로였다. 그러나 별들의 빛은 바다를 밝혀주지 못했으므로 남쪽의 수평선은 보이지 않았다. 바람이 잦아들어 바다의 침묵은 깨어지지 않아서 단애에 부딪치는 파도는 소리를 내지 못했다. 언덕 위에 늘어선 집들의 창문으로 새어 나오는 불빛만이 연안의 바다를 겨우 밝혀서 바다가 물이라는 것을 알게 해주었다.

집들은 예외 없이 바다를 향해 있었다. 백성들이 들판에서 어깨를 맞대고 살아갈 때 범접할 수 없었던 중세의 성곽처럼 대저택들은 언덕과 벼랑에 자리 잡고 있었다. 바다가 보이는 언덕 위의 집들은 부르는 게 값이었다. 침실에서 바다를 보는 값을 백성이 감당할 수는 없을 것이었다.

서쪽에서 동으로 뻗어 있는 철로의 녹슨 모습을 어둠이 감싸주고 있었다. 철길을 앞에 두고 늘어선 십여 개의 나무 벤치는 낮의 온기가 남아서 아직도 따뜻했다. 현주는 영수의 어깨에 기대어 보이지 않는 밤의 바다를 내려다보았다. 낮의 바다 색깔은 밤에도 같은 색일 것이었는데 밤의 바다는 하늘의 어두움을 그대로 닮아 있었다.

…… 그래, 보이지는 않아도 원래의 색깔은 그대로 있는 법이야. 보이는 것만이 전부는 아니지.

현주는 뉴욕의 허드슨강(Hudson River)이 내려다보이는 집에서 가출한 지가 언제인지 햇수가 세어지지 않았다. 십오륙 년 세월이 그리 긴 것은 아니었으나 그 전부가 기약 없는 기다림의 시간이어서 흐름의 감이 쉽게 잡히지 않았다.

「네 고집대로 살려거든 집을 나가거라.」

백 제독으로 불리는 아버지의 준엄한 심판이었다. 대사관 무관으로서 외동딸을 자신의 부관과 결혼시키려는 제독의 계획은 그녀의 가출로 일단락되었다.

「어머니, 저는 아버지의 뜻을 따를 수 없어요. 언제가 될지 모르겠지만 영수씨를 다시 만날 거예요.」

「그 사람을 미국으로 불러들이면 어떻겠느냐?」

「그이는 아산만의 바닷가를 떠나지는 않을 거예요. 그러나 또 모르죠. 제가 다시 한국으로 돌아갈 수도 있고…」

어머니는 남편과 딸 사이에서 난감해했다.

「오라고 하지도 않는데 어떻게 놀아가겠다는 건지. 지금 어찌 지

내고 있다더냐?」

「영희씨 말로는 무슨 사업을 하고 있다나 봐요. 어쨌던 저는 집을 나가겠어요. 캘리포니아로 가겠어요. 영수씨의 사촌누나가 한 대학에서 한국 고전음악을 가르치고 있어요. 혼자 살고 있는데 언제든지 와도 좋다고 했어요.」

어머니는 말리지 않았다.

영수는 듣고 있는 동안 아무 말도 하지 못했다. 「왜 그랬어?」라고 묻는 것은 현주의 생에 대한 부정이 될 것이었고, 현주 자체를 거부하는 것으로 들릴지 몰랐다. 「용기가 대단하군」이라고 말해주고 싶었지만 그것이 용기인지, 무모함인지, 그리움인지 잘 가려지지 않았다. 막연한 긍정과 애정의 표시로서 영수는 그의 무릎을 베고 누워 있는 현주의 머릿결을 쓰다듬어 주었다. 영수의 손이 현주의 눈가를 스쳤을 때 촉촉한 감이 느껴졌다.

…… 울고 있는 것일까.

— 나는 실패자일 뿐이야.

— 당신이 사업에 실패하지 않았다면 저는 인생의 실패자가 될 뻔했어요. 어쨌던 당신은 사업 같은 거에 어울리는 사람이 아니에요. 폐는 다 나았어요?

— 많이 좋아졌어.

그들은 그 옛날 화재 때의 일을 생각하고 있었다.

— 엄마에게 전했어요. 당신이 온다고. 그런데 엄마의 말이 걸작이에요. 네가 원하는 것을 이루었음을 축하한다고. 엄마는 늘 내 편이에요. 그리고 십만 불을 보내주셨어요. 아빠가 보내주라고 했대요. 그 돈으로 이 모빌 홈을 샀죠. 바다가 보이는 집을 찾느라 언니가 고생했어요. 미국 사람들은 전망을 좋아해서 이 동네의 집다운 집은 전부 밀리언이 넘어요.

…… 어떻게 살아가려고 하나?

생계가 걱정되었으나 영수는 말하지 않았다. 자신이 책임질 수도 없는 말이 꺼내지지 않았다.

그의 마음속을 들여다본 것처럼 현주가 말했다.

— 걱정 말아요. 일주일에 두 번은 U. C. 산타쿠르즈에서 동양화를 가르치고 있어요. 학생들이 재미있어 해요. 그리고 매일 저녁 레스토랑에서 일할 거예요. 당신은 그림만 그리면 돼요.

— 어떻게 그림만 그리고 사나.

— 걱정 마세요. 곧 친구도 생길 거예요. 교회로 가는 게 그 첫걸음이죠.

현주는 살아가는 데 필요한 모든 것을 자로 잰 듯이 설계해 놓고 있었다.

— 타카라(TAKARA)라는 일본 식당인데 저녁에만 일하기로 했어요. 음식은 일본식이지만 주인은 중국인이에요.

현주는 주인이 중국인이라는 것을 힘주어 말했다. 영수는 일본이

15

라는 말에 덧붙여 말하지 않았다.
…… 그래, 과거의 일은 다 과거의 일인 것뿐인 거지.
집으로 돌아와 남향의 창문에 걸쳐진 커텐을 젖히니 검푸른 바다는 그대로 거기에 펼쳐져 있었다. 저 멀리 몬트레이(Monterey) 반도의 불빛이 깜빡거렸다.

다음날 오후가 되자 현주는 출근 준비를 했다. 종업원용으로 개조한 기모노를 입고 허리끈을 졸라매자 그녀의 가슴이 솟아났다. 등판에는 「타카라」라는 글씨가 한문 寶(보)자로 인쇄되어 있었다. 영수는 안쓰러운 눈으로 그녀를 바라보았다.
— 그런 눈으로 저를 보지 마세요. 미국에서는 누구나 일을 해요. 의사 부인도 일을 하고, 변호사 부인도 일을 하죠. 그러니 화가 부인도 일을 해야죠. 늦은 시간까지 일하고 낮에는 눈 좀 붙여야 돼서 당신이 좀 불편할 거예요.
— 하는 일이 없으니 불편할 것도 없겠네.
영수는 남의 말하듯 말했다.
— 다음주부터는 숙제를 내겠어요.
그녀는 장난스럽게 영수의 볼을 손가락으로 튕겼다.
— 캐피톨라 몰까지 걸어서 십오 분이면 돼요. 열 시에 데리러 와주세요. 차키는 신발장 위에 있는 유리 접시에 있어요.
그녀가 나가자, 영수는 멍한 상태에서 반문했다.

― 내가 지금 여기서 무얼 하고 있는 거지?

그리고는 곧 잠에서 깨어난 사람처럼 무언가 해야 할 것 같아서 며칠째 풀지 못한 트렁크의 지퍼를 끌어 내렸다. 옷가지 몇 개를 옷장에 걸고 트렁크 바닥에 깔려 있는 캔버스 두 개를 꺼냈다. 20호짜리 두 개에 그린 베트남의 퐁니, 퐁넛 마을의 그림이었다. 참상의 모습은 덧칠이 된 채 희뿌연 안개 속에 잠들어 있었다.

…… 우선 이 그림을 복원하자.

영수는 화구와 물감이 없다는 것을 인식하자 무력감이 엄습해왔다. 창문을 열고 일몰 직후의 밤바다를 내려다보았다. 밤 열 시를 알리는 괘종시계가 소란을 피우고 나서야 급히 캐피톨라 몰을 향해 차를 몰았다.

― 기분 좋은 출발이에요. 팁을 삼백 불이나 받았어요.

그녀는 샤워를 하면서 영수에게 말했다.

― 화구와 물감, 캔버스는 뒷마당 창고에 있어요.

타올로 감싼 그녀의 몸에서 뜨거운 물이 수증기가 되어 피어올랐다. 영수는 그녀를 안았다. 눈 오던 먼 옛날 그의 체온을 식히기 위해 알몸으로 그를 안았던 것처럼. 그녀의 몸은 모든 것이 그대로였다. 냄새가 다를 뿐이었다. 장미꽃 향기는 간 곳이 없었다. 그녀의 머릿결에서 미소된장국 냄새가 났고, 맨몸에서는 생선회 냄새가 났다. 바다 냄새였다. 영수는 힘차게 노를 저었다. 현주의 몸이 물결처럼 출렁거렸다.

현주는 늦잠을 자고 있었다. 영수가 침대를 내려올 때 스프링이 팽창하는 소리를 냈다. 화요일은 현주가 대학의 동양학과 교실에 출강하는 날이었다. 영수는 똑같은 두께로 잘려진 빵에 딸기쨈을 바른 다음 계란후라이를 곁들여 접시에 담았다.

커피를 끓여 한 잔 마신 후, 현주를 깨워 먹이고 출근을 시켰다. 그녀의 얼굴은 새로 태어난 아이처럼 투명했고 몸놀림이 가벼웠다. 현주가 출강하는 날은 똑같은 아침이 반복됐다. 그녀가 현관문을 열 때 멋쩍게 웃었다.

— 오늘 숙제 잘하세요.

그녀를 보내고 나서 모빌 홈 단지를 둘러볼 참이었다. 집의 모양은 서로 닮아 있었다. 두 유닛을 붙인 집의 지붕은 이등변삼각형의 박공이었고, 한 유닛만의 집은 한쪽으로만 경사진 직삼각형의 경사를 이루고 있었다.

사람의 그림자가 보이지 않았다. 무심결에 돌아본 어떤 집 창문에서 자신을 내다보고 있는 노인과 눈이 마주쳤으나 무엇을 가져가려다 들킨 사람처럼 급히 외면했다. 한 바퀴를 돌아 다시 단지의 정문에 이르렀을 때 첫 번째 모빌 홈 앞에서 현주 또래의 동양인 여성이 보였다.

동양인인 듯싶은 여성은 수레에 야채와 과일을 싣고 있었다. 젊은 여자의 눈은 깊었고 시름에 잠겨 있었다. 영수를 보자 인사했다.

— 굿모닝?

영수는 어색해서 그냥 미소로 답했다.

— 한국인이세요? 며칠 전에 이사 오신 분이군요. 저는 마이라고 해요. 베트남에서 왔죠.

발음의 끝은 흐렸으나 제법 하는 영어였다. 낙타 등처럼 등이 나온 청년은 뒷마당 창고에서 과일상자를 내오고 있었다. 영수는 말 없이 과일 몇 상자를 수레에 올려주고 난 후 모빌 홈 단지의 정문을 나섰다.

입구를 나서자 오팔 로드(Opal Road) 길 건너 바다 쪽 벼랑 위에 거대한 저택이 눈에 들어왔다. 목조로 지어진 저택은 판자의 색이 검게 변해 있었다. 차고 앞에는 시동이 걸린 2인용 소형전기차의 문이 열려 있었다. 곧이어 건장한 체구의 한 사내가 현관을 나오더니 몸을 구겨 넣듯이 운전석으로 들어앉았다. 황금빛의 차는 장난감 같아서 대저택과 어울리지 않았다.

저택의 동쪽 마당에는 아름드리 느티나무 한 그루가 단애의 흙더미를 붙잡고 서서 바닷바람을 맞고 있었다. 수십 길의 벼랑 아래의 물길이 와닿는 끝에는 파도가 더 이상 흙을 빼앗아가지 않도록 콘크리트 더미가 벽을 이루어 자연의 일부가 되어 있었다.

오팔 로드는 해안 절벽을 따라 내리막길이었다. 왼편의 기찻길 아래로 약간의 공터에 차들이 세워져 있었고, 건너편 벼랑 위의 작은 공간에도 주차선이 그려져 있었다. 거기에 주차한 차는 없었는데 관광객으로 보이는 남녀가 바다를 배경으로 사진을 찍고 있었다.

아침나절 봄의 햇살은 물고기의 비늘처럼 바다를 장식했다.
황금색 소형전기차가 경사진 길을 따라 서행으로 내려가는 것이 보였다. 저 멀리 몬트레이 반도의 그림자가 떠 있는 섬처럼 보였다. 벼랑 위의 목책을 따라 내려가니 곧 캐피톨라 브릿지(Capitola Bridge)가 있었다. 삼십여 미터 크기의 아치형 다리였다.
다리 밑으로 쏘퀠 크릭(Soquel Creek)의 맑은 물이 바다로 흘러 들어가고 있었다. 다리를 건너자 다리 끝 오른편에 파라다이스 비치 그릴(Paradise Beach Gille)이라는 식당이 보였다. 외벽이 시멘트로 마감이 되어 있었는데 오래된 건물처럼 보이게 하기 위해 청동에 녹이 슨 것처럼 초록과 파란색을 섞어 얼룩진 모습으로 덧칠을 해놓았다.
다리의 왼쪽 끝에는 아미다 와이너리(Amida Winery)라는 와인 바(Wine Bar)가 있었다. 와인 바에서는 쏘퀠 크릭의 강물이 내려다보였다. 작은 강을 따라 강가에는 주택이 늘어서 있었는데, 주택의 빽야드(Back Yard)는 강을 마주하고 있었다. 집집마다 펼쳐진 비치파라솔이 꽂혀진 원탁과 의자가 봄의 햇살 아래에서 졸고 있었다.
와인 바의 왼쪽 문 앞에는 곱추상의 조형물이 서 있었다. 한 손에는 쟁반을 받쳐 들고 있었는데, 곱추의 등 뒤로 늘어진 회색의 머리털과 함께 괴이한 느낌을 주었다. 단지 와인 바를 기억하는 데 도움을 주려고 세워놓은 모양이었다.

모빌 홈 단지 앞을 지나는 철길은 쏘퀠 크릭을 가로질러 캐피톨라 로드에 세워진 통나무 교각 위로 뻗어져 있었다. 녹슨 청동색을 칠한 그릴을 끼고 돌아서 바다 쪽으로 들어서니 원형의 광장이 나타났다. 광장 둘레에 들어선 식당들이 아침 손님을 맞고 있었다. 바다를 향하여 더 다가가니 모래사장의 물새들이 놀라 종종걸음을 치며 달아났다.

모래톱의 끝에는 바다 위에 세워진 피어의 문이 활짝 열려 있었다. 피어(Pier)의 두꺼운 널판재를 떠받들기 위해 검은 방부액을 입힌 통나무가 바다에 박혀 있었고, 그 통나무 기둥 주위에서는 물개들이 한가로이 헤엄을 치고 있었다.

백여 미터도 안 되는 피어의 끝에 있는 작은 식당에서 여종업원이 바다 안개에 불투명해진 유리창을 닦고 있었다. 피어의 끝에서 내륙을 뒤돌아보니 벼랑 위의 집들은 저마다의 모양으로 바다를 향해 서 있었다.

…… 여기까지가 이 마을의 전부로구나.

그 집들은 아침햇살에 빛나는 수정 같았다. 그러나 그 빛의 이면에 자리 잡은 해변의 전설은 또 다른 전설로 이어지고 있었고, 새로운 전설이 생겨날 때마다 이 마을 사람들의 가슴에 깊은 상처를 남겼다.

마을을 돌아본 후 다시 모빌 홈(Mobile Home) 정문에 들어서자 베트남 여자가 손수레를 끌고 포톨라 로드(Potora Road)를 따라 캐피톨라 쇼핑센터를 향해 가는 모습이 보였다. 등이 굽은 청년은 해가림막을 어깨에 멘 채 수레를 밀고 있었다. 느티나무집 저택의 차고 앞에 있던 황금색 전기차는 보이지 않았다.

참나무 벤치

퐁니, 퐁넛 마을의 그림을 쉽게 복원시킬 수 없었다. 붓을 놓은 지가 오래된 탓도 있었지만 그 그림을 처음 그릴 때의 전율과 분노의 감정이 재생되지 않았다. 나이에 비례해서 열정은 식어가고 있었고, 분노 또한 사그라들었다.

영수는 새하얀 캠퍼스를 들고 밖으로 나갔다. 이젤을 세우고 나무 벤치에 앉아서 바다를 그렸다. 단지 바다만을 그렸다. 하늘이 푸르른 날 바다는 하늘을 닮아서 더 푸르렀다. 수심이 낮은 곳은 연두색이었고, 깊은 곳은 에메랄드빛의 띠를 두르고 있었다. 영수는 바다의 색을 찾아 물감을 짜내 나이프로 섞었다.

두어 칸 떨어진 벤치에서는 초로의 남자 셋이 햄버거를 먹으며 잡담을 나누고 있었다. 그들은 가끔 이 낯선 화가에게 눈길을 주었다. 처음에 그들의 말은 은밀했으나 대화가 무르익자 말소리가 커져서 영수의 귀에까지 들렸다.

— 인근에 코스코(Costco)가 들어서서 주류를 싼값에 팔아대니 장사가 시원치 않네.

— 나도 마찬가지야. 맥도날드 때문에 수제햄버거는 한물 가는 모양새네.

— 세무 당국에서 물세에 비례해서 세금을 매기니 코인 라운드리도 이제 끝이야.

영수가 흘깃 바라보자 세 남자와 동시에 눈이 마주쳤다.

— 미안하오, 화가 양반.

오늘 아침 햄버거를 준비해온 델리 주인 김대삼이 보온통에서 커피를 따라 영수에게로 다가왔다.

— 김대삼이라고 합니다. 커피 한 잔 하시오.

영수는 커피를 한 모금 마신 후 그의 손을 내려다보았다. 상처가 많은 손이었다.

— 이영수라고 합니다. 며칠 전에 이사 왔습니다.

— 천 교수, 문 국장, 이리 와. 이쪽은 리커스토어(Liquor Store) 사장 천두태씨고, 이쪽은 코인 라운드리(Coin Laundry)를 하고 있는 문재현씨라 하오. 나는 델리를 하고 있고.

— 네에. 세 분 모두 건강해 보이시네요.

그들끼리 말할 때 천 교수니, 김 영사니, 문 국장이니 하는 소리가 무엇을 뜻하는지 묻지 않았다. 그들은 매주 일요일 한 번씩 벤치에 앉아서 똑같은 장사 이야기를 했다. 친숙해지자 영수가 한 번

물었다.

— 천두태씨는 대학에서 수학을 가르쳤고, 문재현씨는 공무원이었지. 나는 프랑스 파리주재 영사를 지냈고. 그래서 과거의 직함을 불러주는 거요. 재미 삼아서…

그 후로 영수는 그들을 천 교수님, 문 국장님, 김 영사님이라고 불러주었고, 그들은 영수를 이 화백이라고 불렀다. 어느 날에 김 영사가 불쑥 꺼낸 말에 영수는 물론 문 국장과 천 교수도 놀란 표정이 되었다.

— 이 화백은 대단한 사람이야. 대학시절에 국전에서 대상인 의장상을 받았고, 국가재건최고회의에서 박 장군이 극찬을 했다더군. 서울로 진격하는 거북선과 함대 그림도 소개되어 있었네, 페이스북에서. 이영수를 치니 상세히 다 나와 있더라고. 이 화백이 우리 동네에 왔으니 기분 좋은 일이네.

영수의 과거는 스마트폰 속에서 드러나고 있었고, 그들의 대화 속에서는 미국의 속살이 드러나고 있었다. 그들이 모이는 날에는 그림이 그려지지 않았다.

에덴의 동쪽

천 교수는 철야로 근무한 종업원과 교대하기 위해 85년도식 G.M.C 트럭을 몰고 리커스토어로 향했다. 매일의 습관대로 김 영사의 델리에 들러 카운터에 앉아 커피를 마셨다. 두꺼운 도자기 컵에 가득 부어진 커피는 잘 식지 않아 따끈한 맛을 더해주고 있었다.

김 영사는 샌드위치에 넣을 터키의 가슴살을 슬라이스기에 넣고 얇게 썰어내고 있었다. 그의 부인은 부서진 가슴살을 섞어 샐러드를 만들기 위해 기계처럼 움직였다.

— 김 영사, 옆의 쓰레기통 놓는 데서 과일 좌판을 펼치고 있는 여자는 무언가?

— 음, 천 교수, 얼마 전에 들어와서 하는 말이 「옆의 공터에서 채소 좀 팔아도 되겠느냐」고 묻더군. 마음대로 하라고 했지. 내 땅도 아니니. 베트남이 고향이라는데 오죽하면 그러겠나.

― 리차드가 알면 난리 칠 텐데?

― 그땐 그때의 일이고… 그나저나 천 교수, 골치 아픈 일이 하나 생겼네. 아는 변호사 있으면 소개 좀 해주게나.

― 왜? 터키 샌드위치에서 손가락이라도 나왔나?

김 영사는 열 손가락을 펼쳐 보였다.

― 내 손은 멀쩡하니 그런 일은 아니고.

김 영사는 터키의 넓적다리살을 예리한 칼로 발라내어 그의 부인에게 건넸다.

― 여보, 당신이 설명해봐요.

김 영사의 부인이 젖은 손을 수건에 닦은 후 천 교수에게 샐러드 한 접시를 내밀었다.

― 며칠 전에 멀끔한 손님이 밖의 테이블에서 치즈스테이크를 시켜 먹고 갔었는데 어제 다시 왔어요. 반갑게 아는 척을 했더니 인사도 받지 않고 바지 한 개를 내미는 거예요. 집에 가서 보니 엉덩이 쪽이 찢어져 있더라는 거였죠. 철제의자의 모서리에 걸린 것이라며 배상을 요구했어요. 자기는 의사인데 이 바지는 자기가 즐겨 입는 거라면서 육백 불을 주고 산 것이라네요.

― 육백 불요? 하루 매상이네요.

― 바지 영수증을 달라고 했더니 일 년 전의 영수증이 어디 있느냐고 화를 내면서 스몰코트로 가겠다고 하더군요.

― 스몰코트(Small Court)에 가면 무조건 집니다.

천 교수는 스몰코트에 불려 다닌 경험을 떠올렸다. 그곳에서는 무조건 소비자의 편을 들 것이었다.

— 장사하기도 바쁜데 언제 스몰코트엘 불려 다니겠어요.

— 그 바지 이리 줘 보세요.

— 김 영사, 변호사 살 것 없네. 변호사 비용이 더 들어. 배보다 배꼽이 더 커지네. 내가 알아봐 줄게.

천 교수는 바지를 똘똘 말아서 뒷주머니에 넣고 델리를 나왔다. 밖으로 나오니 델리와 그의 리커스토어 사이의 공터에 좌판을 펴 놓고 과일과 채소를 정리하고 있는 여자가 보였다. 천 교수와 눈이 마주치자 푹 꺼진 눈자위에 두려워하는 기색이 역력했다.

— 괜찮아요. 그런데 그늘도 없는 데서 어떻게 채소를 팔 수 있으려나.

낡은 비치파라솔은 좌판의 일부만을 그늘지게 해주었는데, 해가 움직일 때마다 파라솔의 기울기를 조절하고 있었다. 그때 등이 굽은 한 청년이 물 한 양동이를 들고 와서 조리에 쏟아부은 다음 야채에 뿌려주고 있었다. 동생인가 생각하면서 리커스토어로 들어섰다.

다음날 아침, 천 교수는 똑같은 바지 두 개를 들고 델리로 갔다.

— 김 영사, 해결되었네. 바지를 송스 클리너스(Song's Cleaners)의 송 사장에게 보여주었네. 송 사장이 옷에 대해서는 전문가지.

육백 불짜리 바지라고 했더니 곧바로 메시백화점으로 가서 같은 메이커를 찾았다네. 보통 때는 백이십 불이고, 세일 때는 육십 불이라는 거야.

김 영사 부인은 냉장고의 음료수를 정리하며 환하게 웃었다.

― 그 의사라는 놈 도둑놈이네. 언제 오나 그자가.

― 오늘 저녁에 육백 불을 받으러 온다고 했네.

― 그자가 나타나면 나를 부르게.

천 교수는 밤일하는 종업원과 교대를 한 후 메시(Macy)라고 표시된 쇼핑백에 바지 두 벌을 담아 델리로 갔다. 델리를 클로즈(Close)할 때쯤 다 되어서야 밖을 내다보던 김 영사가 중얼거렸다.

― 그자가 오네.

― 내게 맡기게. 증인이 필요하니까.

― 너무 심하게는 하지 마세요. 나쁜 소문을 내고 다닐지도 모르니까요.

김 영사 부인이 걱정스럽게 말했다.

― 어차피에요. 다시 올 놈도 아닌 거구.

키가 작은 백인 의사는 곧장 카운터의 김 영사에게 다가가더니 육백 불을 요구했다. 천 교수는 천천히 일어나서 쇼핑백에서 바지를 꺼내 의사에게 내밀었다.

― 당신은 사기꾼이오.

천 교수는 바지 두 개를 카운터에 펼쳐놓고 새 바지 위에 영수증을 펼쳐놓았다.

— 백 불도 안 되는 바지를 육백 불로 불려서 배상하라고?

의사는 벌개진 얼굴로 말거리를 찾고 있었다.

— 그렇지만 이것은 내가 좋아하는 바지요.

천 교수는 이자가 늘어 붙는 것으로 보아 더 세게 나가야겠다고 생각했다.

— 씨발놈, 네가 좋아하는 것은 다 비싸냐?

천 교수는 한국말로 으르렁댔다.

…… 이자도 욕이라는 걸 짐작할 거야.

— 네가 의사냐? 사람 마음에 상처를 내놓는 사람이 어떻게 사람의 몸을 치료하겠다는 거냐? 의사협회에 연락해서 너의 악덕을 알릴 테다. 꺼져, 이 자식아!

「꺼져, 이 자식아」는 역시 한국말로 외쳤다. 의사는 찢어진 바지를 들고 무너지듯이 델리의 문을 떠밀어 열고 나가 버렸다.

— 바지는 내일 반품하면 되네.

밖으로 나와서 밤공기를 마시니 폐가 뻥 뚫리는 것 같았다. 베트남 여자와 등이 굽은 청년이 좌판을 정리하고 있었다. 천 교수는 가벼운 마음으로 오차드 서플라이의 너스리(Nursery) 코너에서 40피트짜리 물호스를 샀다. 그리고는 리커스토어 뒷문 밖에 붙어 있는 수도꼭지에 호스를 연결하고 스프레이를 달아 베트남 여자에게 주었다.

— 물은 언제나 사용해도 좋아요.

— 물값은 드리겠어요.

— 신경 쓰지 마시오. 물값이 얼마나 나온다고.

— 마이라고 불러주세요.

마이는 눈물이 나올 것 같아서 외면했다. 마이는 팔다 남은 야채와 과일을 박스에 담았다.

— 이제 덜 시들겠구나, 쿠엔.

등이 굽은 청년이 손수레를 끌고 오팔(Opal Road) 로드를 향해 걸어갔다. 마이의 손에는 더위에 상한 딸기가 비닐봉지에 담겨 들려 있었다.

이 화백은 창문 너머로 마이와 쿠엔이 하루를 마치고 과일상자를 내려놓는 모습을 보았다. 그들은 지쳐 있는 듯 말없이 서로의 할 일을 하고 있었다.

영수는 베트남의 풍경이 떠올랐다. 쪼개면 별 모양이 나타나는 별사과를 팔던 베트남 소녀들의 노점상을 떠올렸다.

…… 내일은 저 검은 저택과 느티나무를 그려보자.

이른 아침에 나무 벤치 앞에서 이젤을 세우고 있을 때 천 교수와 김 영사, 문 국장이 멀찌감치 자리를 잡고 앉아서 잡담을 나누고 있었다. 천 교수가 피우는 싸구려 시가의 냄새가 쓴맛을 내며 바람에 실려왔다. 그들은 이 화백이 그림 그리는 것을 방해하지 않기 위해 늘어선 벤치의 끝자리에 자리 잡고 있었다. 오늘은 한 사람이 더 있었다.

― 이 화백, 소개만 해주고 돌아가겠네. 오 목사라고 이 지역에 하나밖에 없는 한인교회의 담임목사일세.

이 화백은 이젤을 그들의 벤치 옆으로 옮겼다.

― 시간이 많으니 나중에 그려도 됩니다. 오늘은 날씨가 좋지 않기도 하구요. 어르신들 말씀을 듣는 게 재미있습니다. 배우는 것도 많구요.

북서 방향으로부터 바람이 검은 구름을 몰고 왔고, 바다는 파도를 일으켜서 사나워지고 있었다. 기찻길과 오팔 로드 사이의 작은 경사면에 피어 있는 황금색의 양귀비꽃이 한쪽으로 쏠리면서 비명을 지르고 있었다.

― 오 목사, 아들은 찾았나? 우선 경찰에 신고해야지.

노 국장은 오 목사의 표정을 살폈다. 오 목사는 요즈음 두 가지 문제로 우울했다. 아프칸 전선에서 귀국한 아들이 집을 나가서 돌아오지 않는 바람에 목사의 아내는 몸져누워 있었다. 아들은 전장에서 돌아온 후 밤마다 악몽을 꾸며 괴로워했다. 어떤 때는 방문을 열고 들어서는 오 목사를 향해 총 쏘는 시늉을 했다.

― 전쟁 트라우마야.

― 베트남에서 패한 지가 얼마나 됐다고 또 남의 나라 전쟁에 아이들을 보내냐구. 이기지도 못할 전쟁 속으로 뛰어드는 건 더 큰 죄악이야.

— 빌어먹을 워싱턴! 젊은이들은 죽어 나가는데, 그것을 명령한 자들은 텍사스로 돌아가 외국 대통령들의 초상화만 그리고 있으면 다 된 거냐구.

— 국가와 국민을 위한다는 건 사기야. 국가를 위해 백성이 있는 거야? 백성을 위해 국가가 있는 거야?

천 교수가 시가의 연기를 내품으며 중얼거렸다. 엽연초 타는 냄새가 모두를 휘감았다.

— 남의 전쟁에서 이긴다 해서 우리들의 삶이 바뀌는 것은 하나도 없어. 전쟁은 많은 가정에 근심과 걱정을 안겨줄 뿐이야.

이 화백은 바람에 몰려오는 먹구름과 검게 변해가는 바다를 보고 있었다. 하늘에 먹구름이 몰려오면 바다는 하늘을 닮아 검은 색깔로 변하면서 거친 파도를 일으키는 것이었다. 워싱턴은 하늘이었고 백성은 바다였다. 백성은 거친 파도 위에서 몸부림쳤다. 하늘이어야 할 백성은 바다가 되어 출렁였다. 땅에 내려와 뿌리를 내려야 할 임금은 하늘이 되었다. 천 교수가 부시를 생각할 때 이 화백은 선조를 떠올렸다.

…… 전쟁에서 패한 장수는 목이 베이는데 전쟁을 일으킨 임금의 목은 누가 베나?

프랑스혁명에서 백성들이 왕의 목을 베었다. 그러므로 답은 혁명뿐일 것이었다.

— 오 목사, 오늘 주일예배는 몇 시인가? 지금 여기 있을 때가 아니

잖나?

― 주일예배도 이제는 저녁에 한 차례만 해야겠어요.

지난주 예배에는 백여 명 남짓한 전 신도 중에 절반도 안 되는 오십여 명이 출석해 있었다. 누군가 오 목사가 여신도와 불륜을 저질렀다는 소문을 퍼트렸다. 상담을 요청한 여신도와 식당에서 나오는 것을 목격한 여신도 회장이 평신도들을 부추겨 따로 교회를 차려 나갔던 것이었다.

중년층은 거의 다 빠져나갔다. 남아 있는 건 청년들과 노인들뿐이었다. 언제부터 준비를 한 것인지 갓 이민 온 이십 대의 새파란 목사를 초빙해서 따로 교회를 차려 나갔다. 오 목사는 아무것도 눈치채지 못하고 있었다. 오 목사는 당황했고 사모는 낙담했다. 아들도 잃고 교회도 잃었다. 오 목사는 이에 더해 아내도 잃을 판이 되었다.

― 기운을 내게. 오 목사에게는 주님이라도 계시지 않나.

― 아무리 기도해도 응답이 없어요. 지난주에는 더 끔찍한 일이 벌어졌죠.

모두가 놀란 표정으로 오 목사의 다음 말을 기다렸다.

― 제 탓이에요, 모든 게. 그런데 말하지 않을 수가 없었어요. 설교대에서 내려다보니 남녀노소 할 것 없이 모두가 고개를 숙이고 스마트폰을 보고 있더라구요.

오목사는 「보고 있더라고요」를 말할 때 한 옥타브를 올려 울부짖듯 말했다.

— 요즘은 어딜 가나 다 그래. 은행엘 가서 보면 고객들은 말없이 스마트폰을 들여다보고 있고… 그것은 버스를 타도 마찬가지야.

— 아무리 세대가 그렇다 해도 예배를 보러 와서까지 그렇게 하는 건 좀 심하지 않나요? 그래서 저는 준비도 안 한 스마트폰에 관해서 설교를 하기 시작했죠. 감정이 섞여서 다소 과했던 것 같아요. 스마트폰이 가족 간의 대화를 단절시켜 버렸어요. 이제는 주님과 인간의 대화마저 끊어놓았어요. 전 신도가 유령처럼 보이는 것이었어요. 말 없는 유령, 감정이 절제된 유령처럼요. 그들은 이제 성경책과 찬송가 책도 갖고 다니질 않아요. 스마트폰 속에 다 있거든요.

— 오 목사, 시류에 따르는 수밖에 없네. 변화의 물결을 돌리기에는 이미 너무 늦었어.

— 저는 그게 자신이 없어요. 어떻게 해야 시대의 변화에 올라타게 되는 것인지. 잡소리를 하면서 웃기는 말을 해야 나를 쳐다보겠죠. 설교대에 서서 유행가를 불러야 될지 몰라요. 아무리 그래도 타락한 인성을 가지고 영성을 말할 수는 없는 노릇이지요.

— 오 목사, 그래도 무슨 방법이 있을 거야.

— 오 목사 말이 맞네.

오 목사는 천 교수와 김 영사의 호응하는 말에 안정을 되찾았다.

— 노 국장 생각은 어때?

— 스마트폰이 없으면 불편할 때도 있을 거네. 주소만 알면 길을 찾기가 쉽지 않나.

— 노 국장, 그게 바로 우리가 기계의 종이 되어가는 과정이네. 스마트폰이 없던 시절에도 가고 싶은 곳을 못 간 적은 없네. 집으로 돌아오지 못한 적도 없지. 우리는 점점 기계에 의존하면서 우리 자신을 상실해가고 있는 셈이지.

오 목사가 한숨을 내쉬며 나머지 말을 이어갔다.

— 그래서 제가 결론적으로 말했죠. 다음 예배 때부터는 스마트폰을 갖고 회당에 들어오지 말라고… 그랬더니 청년들이 설교 중에 하나둘 빠져나가기 시작하더니 설교가 끝날 때쯤 해서는 한 명도 남지 않았어요. 노인들만 남게 되었죠. 은퇴한 노인들이 무슨 돈이 있겠어요. 그날 십일조로 들어온 헌금은 백 불도 안 되었어요. 이제는 교회 사용료를 낼 돈도 없게 되었죠.

— 오 목사, 교회에서만 그런 건 아니네. 어디서나 같은 일이 벌어지고 있네. 우리 델리에 식사하러 와서도 가족 간에 말이 없네. 아이들은 아이들대로 게임기를 돌리고 있고, 남편은 주식 시세를 체크하고, 아내는 패션을 들여다보고 있지. 친구 둘이 와서 한 친구는 야구중계를 보고, 다른 친구는 텍사스의 총격사건 현장을 들여다보고 있지. 텍사스의 총격사건이 며칠 후에 알려지나, 실시간으로 알려지나 변할 것은 아무것도 없는데도. 실시간으로 알려진다고 총격사건이 줄지는 않아.

― 스마트폰 중독이 마약중독보다 더 무서운 거야.

천 교수가 거들었다.

― 소통을 위한 기기가 아니네. 오히려 소통을 가로막고 있어. 모두들 자기 세계에 빠져서 허우적대네. 우리를 편하게 해주기는커녕 심란하게 만들지. 서로가 서로를 감시하네. 아내는 남편을 감시하고, 여자친구는 남자친구를 감시하지. 이제는 기업이 개인을 감시하기 시작했네. 그들은 개인의 모든 정보를 감시하면서 개인의 취미와 기호를 파악해서 사업에 이용하고 있네. 정보를 잘 이용하는 기업일수록 승승장구할 테지만, 우리의 삶은 더욱 피폐해질 뿐이네. 억제하기 힘든 구매충동으로 우리는 다 빼앗기게 되지. 또 정부는 국민을 감시하지. 그들의 정책이란 것에 순응시키기 위해서. 또 스마트폰 회사는 막대한 광고 수입을 독차지하네. 스마트폰을 켜면 광고부터 나오지 않나. 우리는 보고 싶지도 않은 광고를 보아야 하고, 사실 광고 수입의 절반은 보고 싶지 않은 광고를 보는 우리에게 나누어주어야 마땅한 거야.

오 목사는 천 교수가 동지가 된 것 같은 생각이 들었다.

― 어쨌든 이제 교회를 닫을 수밖에 없겠어요. 인간의 아름다운 심성이 모두 다 소멸된 것 같아요. 그들은 귀로 들으려고 하지 않아요. 말하려고도 하지 않습니다. 그저 눈으로 들여다보는 것에 열심이죠. 그들은 모든 해답이 그 속에 들어 있다고 생각하죠. 스티브 잡스가 인간의 서정을 다 망쳐놓았어요. 스티브 삽스는 과학

의 열매를 따먹고 에덴의 동쪽 끝을 서성대고 있을 겁니다.

천 교수가 쓰디쓴 싸구려 시가 한 대를 꺼내 오 목사에게 내밀었다. 오 목사는 망설이다가 그것을 입에 물었다. 천 교수가 불을 붙여주자 한 모금 길게 빤 다음 허공을 향해 연기를 내뿜었다. 담배 연기 사이로 가출한 아들의 얼굴이 어른거렸다.

원탁회의

벼랑 위의 느티나무집 저택 앞에서 한 남자가 2인용 전기차를 세차하고 있었다.

— 리차드가 차를 닦고 있군. 이 마을에서 제일가는 부자가 참 지독하네.

— 그래서 부자는 더 큰 부자가 되는 거야.

천 교수는 시가를 다시 물었다. 황금색 전기차는 오팔 로드의 내리막길을 내려갔다.

— 저 친구 이혼한 지가 오래돼. 큰아들도 이혼했고, 둘째도 지난해 이혼했지. 저 집에는 이혼한 사람만 셋이야. 둘째 아들은 사진작가라네.

천 교수는 담배연기를 길게 내뿜었다.

— 저 친구 부친은 참 좋은 사람이었지. 지난달에 저세상으로 갔네만.

미스터 저우는 자연사로 죽었다. 평생을 땅과 씨름해온 그의 육신은 강건했으나 그의 심장은 기능이 다 되었다. 죽는 날까지 삽을 놓지 않았다. 밭에 쓰러져 있던 그는 공을 찾으러 뛰어든 아이들에게 발견되었다. 스카치밸리의 소나무숲은 벌써 개간되어 밭이 되어 있었다. 드넓은 밭이 상업지역으로 바뀌었는데도 상가를 짓지 않았다. 농토만이 그의 위안이어서 자식들도 어쩌지 못했다.
자식들은 장성하여 결혼해서 하나 둘 그의 곁을 떠났고, 간호사인 막내딸 부부만이 그를 돌보고 있었다. 그는 늘 아내를 그리워했고, 일곱 자식을 품에 안고 함께 살고 싶어 했다.
제 어미를 닮은 막내딸을 특히 아꼈다. 미스터 저우는 아내 곁에 묻혔다. 죠앤 할머니의 묘지 옆이었다.
— 리차드는 매일 아침밥을 사먹기 위해 이 길로 내려가지. 같은 시간에 같은 장소에서 삼백육십오 일 거르지 않아. 자기 엄마 제삿날만 빼고.

리차드는 서두르지 않았다. 오늘 동생들을 다 불러 수십 가지 결정을 해야 하는 일로 머리가 무거웠다. 혼자서 결정해버려도 무방할 일이었으나 무슨 일이던지 동생들과 의논하라는 아버지의 충고를 잊지 않고 있었다.
리차드는 아버지가 생전에 제작한 직경이 8피트나 되는 넓은 원형 테이블의 상석에 앉아 형제자매들을 둘러보았다. 모두 늙어가고 있었다. 집안일에 별로 관심이 없는 첫째 동생도 참석시켰다. 여섯 동생들은 약속이라도 한 듯 모두 1남 1녀를 두었다. 리차드만이 두 아들을 두었다.

여섯 동생의 장남들도 모두 배석을 시켰다. 리차드를 포함해서 왕들의 이름을 딴 일곱 형제자매와 그들의 아들들이 자리를 잡고 그의 모두발언을 기다리고 있었다. 리차드는 좌중을 둘러보았다. 일곱 명의 왕들과 여덟 명의 대통령들이 거기 앉아 있었다. 리차드의 둘째 아들 밴자민 저우는 아들로서 미스터 저우의 작명이었다. 어머니의 유언에 따라 아버지는 일곱 자식들을 대학에 보냈고, 아버지의 훈육에 따라 모두 라이센스가 있는 직업을 갖고 있었다. 변호사, 간호사, 의사, 회계사, 건축사가 되어 있었다. 다섯째 동생은 엔지니어로서 애플 본사에서 매니저가 되었다. 그는 다른 형제들보다 수입이 많았고, 회사가 매년 나누어주는 주식도 상당량 보유하고 있었다. 그의 집은 로스 알토스 힐(Los Altos Hill)에 있었는데 방이 여덟 개나 되는 큰 집이었다.

리차드는 다시 한번 2열에 앉아 있는 아버지의 손자들을 둘러보았다. 어찌 된 일인지 하나같이 고등학교를 졸업하고는 그걸로 끝이었다. 변변한 직업도 없이 부모 곁을 맴돌고 있었다.

…… 저 애들은 고생을 모르고 자라서 저렇게 된 거야.

한숨이 절로 나왔다. 어찌 되었건 리차드는 이들 모두의 현재와 미래를 책임져야 한다고 다짐했다. 그것이 아버지의 유인이었다.

침묵을 깨고 리차드가 입을 열었다.

— 아버지는 돌아가셨다.

할아버지가 가신 지 한 달이 지났다. 이제 무언가 변화를 주지 않으면 자손 대대로 부를 누릴 수 없게 된다.

— 이제부터는 만기가 되어 계약을 연장할 때는 렌트비를 주변 시세대로 정상화시켜야 한다. 새로 입주하는 세입자는 주변 시세보다 1할 정도 더 받아야 하고.

— 형, 아버지는 주변 시세보다 1할을 적게 받으라고 하셨는데 1할을 더 받는다는 건 무리예요. 그리고 빈 점포에 새 세입자를 들이는 데 걸리는 시간이 길어지면 1할 더 받는 건 아무 의미가 없어요. 잘못하면 소문만 나빠져서 입주자들의 기피대상이 될 것이고… 무엇보다 아버지의 말씀에서 크게 벗어나지 않는 게 좋아요.

평소에 쇼핑센터에 관해 관심이 없던 첫째 동생 존의 말이라 무게감이 있었다. 리차드는 물러섰다.

— 네 말에도 일리는 있구나. 그렇다면 1할 더 받는 것은 다시 생각해보기로 하고 우선은 주변 시세대로 받는 걸로 하자.

존도 더 이상 토를 달지 않았다.

…… 형도 대가족을 책임지려면 힘이 들겠지.

리차드는 자신의 아들에게 물었다. 장손의 장손이었다.

— 삼촌 말씀이 맞는 것 같아요. 우리 건물들은 낡기도 하고 외관도 볼품이 없어서 주변의 새 상가들과는 비교가 안 됩니다. 물론

쇼핑센터의 위치가 제일 좋기는 하지만요.

리차드는 아들의 말에 힘을 실어주었다.

— 네 말이 맞아. 내년부터 건물 외관을 리모델링하자구나 죠지.

죠지의 말을 듣고 다른 조카들도 용기를 얻었는지 고개를 들어 리차드를 바라보았다.

— 다음 문제로 넘어가자.

동일업종의 입주금지 원칙인데 아버님은 이것을 철저히 지키셨지만, 그 결과 현재의 세입자들은 치열함이 없어. 그리고 너무 영세하기도 하고.

— 오빠, 그걸 지키지 않으면 세입자가 자주 바뀔 것 같아요. 동일업송의 입주를 허락하시려면 체인점이나 유명메이커를 들여야 명분도 서고, 쇼핑센터의 밸류도 올라갈 것 같아요. 예를 들자면 캄보디아인의 도넛가게보다는 던킨도넛을 입주시키는 방식으로…

— 그거 좋은 아이디어로구나. 그런데 체인점을 입주시키려면 면적을 좀 키워야 할 거야. 하여튼 연구해볼 가치가 있겠다.

리차드는 금장의 케이스에서 시가를 한 개 빼어 물었다. 불은 붙이지 않은 채 입에 물었다 놓았다를 반복했다. 죠지는 아버지가 담배에 불을 붙이지 말기를 바랐다. 삼촌들은 담배를 피우지 않는데 아버지만이 줄담배를 피우는 것이 못마땅했다. 시가를 재떨이에 놓으면서 리차드는 여동생을 바라보았다. 오래전에 존이 뿌려댄 모래 때문에 보이시 않는 눈을 부비며, 어머니에게 노래를 배우던 어린 시절의 소녀를 떠올렸다.

…… 저 애도 많이 늙었구나.

— 앤, 좋은 방향을 제시해줘서 고맙다. 이제 의사생활이 힘들지 않니?

다정한 말투였다.

— 오빠, 아직 10년은 더 일할 수 있어요.

— 언제든 은퇴하면 쇼핑센터의 이사로서 배당을 할 것이니 생활 걱정은 안 해도 될 거야.

— 오빠, 우리 형제들 걱정은 마세요. 모두 직업을 갖고 있고, 그동안 쌓아놓은 연금도 있으니 우리 형제들보다 우선 저 아이들 문제를 해결해야 해요.

앤은 뒷줄의 아들과 조카들을 둘러보았다.

— 앤, 나에게 복안이 있어. 그 문제는 회의의 끝머리에 논의하자꾸나.

리차드는 시가에 불을 붙이려다 말고 다시 재떨이 모서리에 내려놓았다.

…… 저 아이들을 위해서도 그렇고 수입을 증대시키기 위해 조치를 취해야만 하고 그 방법을 강구해야 한다.

— 근자에 생각한 건데 쇼핑센터의 동서남북 입구에 입간판을 설치해야겠어. 현재는 영화관의 빌보드만 있는데 다른 세입자들도 그걸 원하고 있어. 허가는 시티에서 받으면 되고 우리는 월세에

더해서 세입자들에게 크기에 따라 돈을 받으면 되는 거야. 수입이 늘어나는 것이라면 무엇을 하든 해야 해.

아무도 이의를 제기하지 않았다.

— 잠시 쉬었다 하자꾸나. 쉬는 동안 죠지는 델리에 가서 샌드위치를 사오도록 해라.

리차드는 발코니로 나가서 시가에 불을 붙였다. 쇼핑센터를 내려다보니 각 점포에 손님이 들락거리고 있었다. 작년에 덧칠한 주차장의 아스팔트가 바래져 있었고, 금이 가고 패인 곳이 보였다. 1년밖에 안 되었는데 주차선의 흰 페인트도 희미한 곳이 많았다.

…… 또 공사를 해야겠군.

최근 시티에서 온 공문이 생긱났다. 시티에서는 징애자 전용주차공간을 더 확보하고 휠체어의 접근이 용이하도록 상점 앞의 회랑과 주차장을 분리하는 턱을 없애라고 했었다. 별도의 예산은 필요하지 않았다. 세입자로부터 매달 징수하는 커먼익스펜스를 사용하면 될 일이었다. 랜 로드의 지갑에는 변동이 없을 것이다. 화재보험료와 재산세, 공동사용구역의 개보수 비용은 처음부터 세입자 부담이었다. 땅의 주인은 건물을 한 번 지어놓기만 하면 그걸로 끝인 것이다.

죠지가 커다란 종이백을 가슴에 안고 델리에서 나와 사무실을 향해 걸어오는 것을 보고 사무실로 들어갔다. 리차드가 들어서 보니 형제들과 조카들은 이미 자리를 잡고 있어 집담을 나누고 있었다.

죠지가 들어와서 종이백을 열고 열다섯 개의 샌드위치를 꺼내 한 개씩 나누어주었다. 이어서 냉장고에서 열다섯 개의 생수병을 갖고 와서 테이블에 올려놓았다. 죠지가 자리를 잡고 리차드를 쳐다보았다.

— 다들 먹으면서 회의를 계속하자구나.

— 아버지, 델리에서 나오다 보니까 델리와 리커스토어 사이의 공터에서 야채와 과일을 파는 사람이 있던데요. 쇼핑센터가 잡상인들의 좌판 때문에 너저분해 보이겠어요.

— 알고 있다, 죠지. 회의가 끝나고 내가 내려가 보마. 오늘은 어찌됐건 해결을 해야겠지. 그보다 더 골치 아픈 일이 있다. 금년 들어서 송씨네 클리너스와 전씨의 리커스토어가 렌트비를 밀리고 있어. 내다 말다를 반복하네. 독촉장을 보내도 마찬가지야. 이제부터 지체금을 통보해야겠어.

리차드는 서류가방을 열어 렌트 계약서 사본을 변호사인 존에게 넘겨주었다.

— 존, 계약서를 다시 확인해보자.

존은 패널티 조항을 찾느라고 서류를 뒤적였다.

— 형, 1일치의 두 배로 되어 있어요. 좀 가혹하군요.

— 아버지는 생전에 그 조항을 이행하지 못하게 하셨지만…「오죽하면 세를 못 내겠나」라고 말씀하셨지. 예를 들면 월 렌트비가 3,000불이라고 할 때 3,000불을 30으로 나누면 그게 1일치 100불

이 되는 거야. 그 1일치 곱하기 2가 하루의 지연에 대한 벌금인 것이고.

리차드는 조카들도 알아들을 수 있게 상세하게 설명했다.

— 어쩔 수 없어. 계약은 계약인 것이야. 생각들 해봐. 그들이 장사 잘 될 때 잘 된다고 말한 적 있나? 장사하는 사람들은 늘 적자라고 하지. 죽는 소리를 하면서도 그들은 집도 사고, 자식들 대학도 보내고, 또 주말이면 골프를 치러 가지.

리차드는 「나도 골프를 안 치는데」라는 말은 하지 않았다.

— 무엇보다도 세월의 변화에 따라 사양길에 접어든 업종이 있고, 부상하는 업종이 있게 마련이야.

형제들이 리차드에게 공감의 눈길을 보내고 있는 가운데 메리의 아들 헤리는 스마트폰을 들여다보느라고 고개를 숙이고 있었다.

— 세탁소는 벌써 반년째 렌트비를 밀리고 있고, 리커스토아는 냈다 안 냈다를 반복하고 있지. 모두 초창기에 입주한 사람들이야. 세탁소는 죽어가는 업종이야. 스티브 잡스가 스마트폰 설명회를 하면서 청바지에 검정 티셔츠를 입고 나온 이후로 이제 직장인들은 와이셔츠에 양복 따위는 입지 않아. 그리고 코스코에 가면 바지 하나에 10불 정도 하는데 누가 5불을 내고 세탁소를 이용하겠나? 이게 세상의 변화라는 거야.

리차드는 스마트폰에서 눈을 떼지 못하고 있는 헤리를 근심 어린 눈으로 바라보았다.

― 헤리, 그만 보고 회의에 귀를 기울이는 것이 좋겠구나. 스마트폰 속의 유튜브는 거의 다 가짜야. 구독자가 많아지면 돈을 주니까 제멋대로 떠들어대는 거야. 아무리 들여다보아도 거기에서 돈이 나오지는 않아.

메리가 헤리에게 눈길을 주었다. 헤리는 스마트폰을 끄고 조용히 일어나 화장실을 향해 걸어갔다. 리차드의 둘째 아들 밴자민 또한 딴청을 떨고 있었다. 아버지의 말엔 전혀 관심이 없었다. 카메라를 무릎 위에 올려놓고 망원렌즈를 끼웠다 뺐다를 반복하고 있었다. 리차드가 눈치를 주었으나 반응을 하지 않았다.

― 밴자민! 카메라를 가방에 넣었으면 좋겠어. 지금은 회의 중이잖아?

밴저민은 카메라 전용가방의 지퍼를 열고 카메라와 망원렌즈를 조심스럽게 집어넣었다. 손끝에 불만이 묻어 있었다. 제 어미가 어린 밴자민을 두고 집을 나가버린 후부터 밴자민은 누구의 말도 잘 듣지 않았다. 말을 하려고도 하지 않았다. 그의 일과는 카메라를 메고 해변을 어슬렁거리는 일뿐이었다.

― 제가 할 일은 없잖아요?

― 내가 다 생각해 놓은 게 있어. 이따 네가 할 일을 말해줄 거야.

― 존, 아무래도 세탁소와 리커스토어에 공문을 보내야겠어. 밀린 날짜를 계산해서 벌금통지를 할 수밖에…

― 형, 아버지 대부터 안 해오던 것을 갑자기 집행하면 원성을 살

겁니다. 버티지도 못할 거구요. 유예 기간을 주어야 해요. 정부나 공공기관에서도 다 그렇게 해요.

…… 우리는 정부기관이 아니잖아? 개인 간의 사적인 거래일 뿐이지.

리차드는 소리 지르고 싶은 욕망을 억눌렀다.

— 가령, 지금까지 밀린 렌트비는 다소 탕감해주고 범칙금도 지난 것은 불문에 붙이고, 다음달부터 계약서에 있는 대로 시행한다고 우선 통지하세요.

…… 아이들의 장래는 어떻게 하라고!

리차드는 말을 삼키고 오히려 더 가라앉은 목소리로 말했다.

— 낭삼은 곤란해. 그렇게 되면 집세를 잘 내고 있는 세입자들은 억울하게 생각할 거야. 그들끼리는 모든 정보를 공유하니까 금방 소문이 퍼질 테고.

앤이 존을 거들었다.

— 오빠, 너무 서둘지 말아요. 그들이 정말로 계속 적자를 내고 있는지도 모르잖아요. 아버지 때부터 20년 이상을 장사한 사람들인데… 잘 구슬려서 장사를 계속하게 하는 게 좋겠어요. 앞으로 한 1년간 렌트비를 좀 내려줄 테니 일단은 밀린 것부터 청산하라고요.

— 다른 점포들은 어떻게 하고? 불공평이 시작되면 모든 체계가 무너져.

막내인 메리가 앤과 존을 또 거들었다. 중재안이었다.

― 오빠, 렌트를 밀리고 있는 판에 범칙금까지 내라고 해봤자 달리 무슨 방법이 있겠어요? 우리 가족이 모두 스물한 명인데 세탁물을 맡기고 세탁비로 공제해 들어가면 미납금도 줄어들어 갈 텐데요. 언니, 언니의 의사 가운도 어차피 세탁소에 맡기잖아?

메리는 앤에게 동의를 구했다.

― 그건 그렇지.

― 그리고 리커스토에서는 생필품을 사고 그 대금을 까나가는 거죠. 큰오빠가 즐겨 피우는 그 시가도 돈을 주고 사지 말고 거기에서 해결하면 되죠.

존이 다시 메리의 말에 보탰다.

― 메리의 아이디어는 늘 새롭구나. 형, 그들을 강제로 퇴거시키는 일도 쉽지는 않아요. 법정으로 가져가도 경우에 따라서는 최소 1년에서 3년은 걸려요. 미납금과 물품비가 상쇄될 때까지 장사를 유지하게 하고, 그때 가서 퇴거에 대한 협상을 하는 거죠. 다행히 그들의 영업이 정상화된다면 서로 좋은 결과가 되는 거고.

리차드는 동생들의 제안에 반박거리를 찾지 못하고 말머리를 돌렸다.

― 이제 아주 중요한 문제 하나를 결정해야겠다. 스카츠밸리의 토지는 상업지구로 바뀐 지 이미 오래다. 아버지는 농토로 유지되기를 바라셨지만 지목이 바뀐 다음해부터 재산세가 만만치 않아. 그래서 그곳에 새 쇼핑센터를 지을까도 생각해봤지만 투자 대비 이

익률이 그다지 좋지 않아. 내 생각에는 그 토지를 매각하고 샌프란시스코나 산호세 등 대도시로 진출하는 게 좋겠어. 같은 면적의 스퀘어피트당 렌트비도 큰 차이가 있지.

회계사인 윌리엄이 맞장구를 쳤다.

— 맞아요, 형. 비싼 땅에 짓나 싼 땅에 짓나 건축비는 같으니까요. 그러니 이곳에서는 가성비가 낮죠. 바닥이 작아서 발전성도 없구요. 형의 뜻대로 하세요. 이제 손자, 손녀들도 생겨나면 식구가 더 불어날 텐데 투자 대비 이익률을 극대화시켜 나가야만 해요. 토지의 면적이 10분의 1로 줄더라도 그게 더 나을 거예요. 우리 대에서는 실패했지만 다음의 아이들은 대학공부도 시켜야 하구요. 그게 어머니가 염원하던 우리 가문의 미래에요. 제대로 배우지 못한 우리 아이들의 장래도 걱정이구요.

윌리엄은 고등학교 졸업이 전부인 조카들을 우리 아이들이라고 강조했다. 침묵을 유지하고 있던 다섯째 제임스가 끼어들었다.

— 그런데 형님들, 한 가지 꺼림직한 게 있어요. 죠앤 할머니가 전했다는 말, 이곳 산타쿠르즈에서 번 돈으로 타 지역에 가서 투자하면 불행한 일이 생긴다는 거. 큰형도 월 할아버지에게 들었잖아요?

리차드는 미간을 찌푸리며 대꾸했다.

— 다 옛날 이야기야. 해변의 전설 같은 거는 그야말로 호랑이 담배 피던 시절의 이야기시.

해변의 전설에 대해 모두가 알고 있었으나 그것은 벌써 아득한 옛이야기로 남아 있을 뿐이었다. 스카츠밸리의 토지는 죠앤 할머니가 준 것도 아니었고, 또 샌프란시스코나 산호세는 17번 후리웨이를 타고 산 하나를 넘으면 되니 외지라고 할 수도 없었다.

아침에 시작한 회의는 저녁까지 이어졌다. 넷째와 다섯째 쌍둥이 형제는 저녁이 되도록 말이 없었다. 윌리엄과 에드워드는 서로 붙어 앉아서 고개만 끄덕이고 있었다. 저녁 일곱 시가 되어가는데도 해는 중천에 떠 있는 것처럼 초여름의 낮은 길었다.

— 잠시 쉬자구나. 이제 마지막 한 가지 남았어.

리차드는 발코니로 나와서 피우다 만 시가에 다시 불을 붙였다. 저 멀리 동쪽의 41번가에 면한 아오 아저씨네 중국 식당 앞에 오동나무 한 그루가 쓰러진 채 주차를 방해하고 있었다. 엊그제 그곳에서 난 충돌사고로 두 사람이 병원에 실려갔다. 오동나무는 그대로 방치되어 있었다. 아버지가 스카츠밸리로 이사할 때 어머니의 영혼이 찾아오라고 남겨두었던 두 그루 중 하나였다.

…… 둘 다 베어버려야겠어. 저런 것도 내가 처리해야 하나.

리차드는 불편한 기색으로 다시 자리를 잡고 앉았다.

— 오빠, 어디가 불편해요?

의사인 앤이 물었다. 리차드에 관한 한 앤이 제일 많이 알았다. 동생들을 위해 몸을 아끼지 않는 오빠가 거인처럼 보였다.

…… 오빠도 힘들 거야. 이 대식구를 다 돌봐야 하니.

― 오빠, 급한 거 아니면 다음달에 또 만나서 얘기하면 되잖아요.
― 아니다. 오늘 다 끝내는 것이 좋겠어. 나도 늙어가는지 이 모든 걸 혼자 감당하는 게 버겁구나. 그래서 말인데 아이들에게 일을 나누어주어야 하겠어.

리차드는 두 아들과 조카들을 주욱 둘러보았다.

…… 어쩌다 제대로 공부한 놈이 하나도 없는지. 어머니가 살아계셨더라면 이렇게 되지는 않았을 거야.

― 죠지는 물론 조카들은 잘 들어라. 이제부터 너희들에게 한 가지씩 잡(Job)을 주겠다. 우선 토마스 너는 모든 입주자와의 계약을 담당해라. 연장계약과 신규계약 등 항상 공실이 나지 않도록 세입자를 물색하는 업무를 맡아서 하는 거야. 잘 모르는 것이 있으면 나에게 묻지 말고 변호사인 아버지에게 묻거라. 지금까지의 모든 계약서를 너에게 넘겨주겠으니 하나하나 다 읽어보도록 해라. 앞으로는 인도 사람도 입주시킬 수 있다. 다음 앤드류는 식구들과 쇼핑센터의 모든 보험을 관리해라. 생명보험, 화재보험, 또 우리의 노후를 대비한 보험 등 서류를 줄 테니 약관을 읽어보고 고칠 것이 있으면 보험회사를 바꿔도 된다. 궁금하면 어머니하고 의논해봐.

동생들은 말이 없는 가운데 치밀하게 분배되는 자식들의 업무에 대해 배려하는 오빠를 존경심을 갖고 경청했다.

― 그 다음 에이브, 너는 시티, 카운티 그리고 주 세무서와 연방국

세청 등 관공서를 담당해. 세무에 관한 일은 착오가 있으면 안 되니 하나하나 회계사인 네 아버지의 승인을 받아. 돈과 관련된 일이니 치밀하고 정직해야 해. 세금을 절감하는 방법도 배우고. 트와이트는 쇼핑센터의 모든 건물과 나무, 주차장의 개보수 등을 맡아서 해라. 상하수도 관리도 하고. 건축에 관한 일은 쉬운 일이 아니다. 경험이 중요하지. 너의 아버지가 건축가인 만큼 배워가며 익히도록 해라. 네가 직접 망치를 들고 일하라는 게 아니다. 하청업자나 기술자를 선정하고 감독만 하면 된다. 인건비 하청은 두 가지 방식이 있어. 시간당으로 금액을 정하는 방법과 건당으로 정하는 방법! 세상의 모든 일과 마찬가지로 장단점이 있어. 시간당으로 일을 맡기면 일의 속도가 문제가 되고, 건당으로 맡기면 일의 질이 떨어지지. 그러니 사업의 종류에 따라 어떤 방식이 질을 유지하면서 빨리 끝낼 수 있는지 아빠의 충고를 따라라. 세입자들이 매달 내는 커먼익스펜스가 너의 1년 예산이 될 거야. 세입자의 돈으로 시행하는 것이니 업자나 일꾼에게 인색하게 할 필요는 없고.
리차드는 평소에 구상해두었던 대로 거침없이 설명했다.
— 플랭크린, 너는 모든 형제들에게 컴퓨터를 가르치고 다소의 자금을 줄 테니 주식투자를 배워 나가라. 엔지니어인 너의 아버지와 의논해가면서. 그러나 투자의 경우 빚을 내면서까지 무리하게 뛰어 들어서는 안 된다.
형제들의 얼굴에는 기쁨과 걱정이 섞여 있었다.

…… 내 아들이 형님을 만족시킬 수 있을까?

…… 내 아이가 오라버니에게 꾸중을 듣는 일이 생기지는 않을까?

형제자매들은 누구보다도 자기 자식을 잘 알고 있었기 때문에 기쁨보다는 걱정이 앞섰다. 그러나 가르치면 잘할 수 있을 것이라는 희망은 버리지 않았다.

― 막내 메리의 아들 헤리, 너는 대민 봉사활동을 맡아라. 성격이 밝고 명랑하니까 제격일 거야. 우선 퇴직 경찰관들을 위해 입주자 상인협회를 만들고 예우해라. 그들을 위한 자금에 관해서는 세입자들을 설득해야 한다. 카브리오 커뮤니티 칼리지와 이 지역 중고등학교에 대한 도네이션과 기부금도 관리해야 한다. 이 지역 출신 오페라 가수를 지원하는 일도 있고, 아무튼 매년 기부해야 할 곳이 백 군데도 넘어. 잘못하면 주고도 욕먹는 경우가 생겨. 헤리, 무엇보다도 너는 아직 나이가 어린 만큼 누구에게나 공손하고 예의 바르게 행동해야 한다.

헤리는 일의 복잡성을 이해하지 못하고 환한 미소를 짓고 있었다.

― 마지막으로 우리 집안의 장손인 너 죠지. 너는 수입을 관리하는 한편 샌프란시스코나 산호세에 새로운 쇼핑센터를 건립할 수 있도록 부지를 물색하자. 부지런히 산을 넘어 다녀야 할 거야. 새 차를 한 대 구입해라. 고갯길을 왕복하려면 튼튼한 차가 필요할 거야. 그리고 각종 분쟁에 대한 처리는 변호사인 존 삼촌과 함께 대처해 나가도록 하자.

리차드는 스스로 정한 일의 분배가 마음에 들었다. 짐을 내려놓은 것 같았다.

— 너희들에게 일정한 보수를 지급하겠다. 이 사무실을 개조하여 방 하나씩을 배정하겠다. 출근은 아홉 시까지 하되 퇴근시간은 자유다. 단, 출근하면 그날 할 일을 기록하여 죠지에게 주어라. 죠지는 매주 회의를 주관하고 그 결과를 체크해야 한다. 당분간 나도 회의에 참석하겠다. 일의 우선순위를 정하는 것이 매우 중요하다. 하기 쉬운 일부터 처리하되 미루지 말라. 잘 될 때 잘해야 한다.

형제자매들은 맏이의 치밀함에 내심 놀라고 있었다. 조카들은 리차드 삼촌의 업무 배분에 만족스러워했다. 리차드의 일처리에 사심이 없었기 때문에 존경과 믿음으로 권위를 인정했다.

— 형, 수고했어요.

— 오빠, 고마워요.

— 지금까지 배당을 하지 않고 유보한 자금은 새로운 쇼핑센터 건립에 투자하겠다.

이의를 다는 사람은 아무도 없었다.

왕의 이름을 가진 여섯 명의 형제들과 토마스, 앤드류, 에이브라함, 프랭클린, 트와이트, 헤리, 죠지 등 미합중국 대통령의 이름을 가진 조카들은 서로 인사를 나누고 사무실을 빠져나갔다.

리차드는 머뭇거리고 있는 둘째 아들 밴자민을 불러세웠다.

— 밴자민은 좀 있거라. 할 얘기가 있어. 너에게 줄 임무 말이야.

밴자민은 폭발할 것 같은 태세로 아버지를 노려보았다.

— 네가 제일 잘할 수 있는 게 무어냐?

밴자민은 카메라 가방을 고쳐 메면서 눈길을 돌렸다.

— 사진 찍는 거잖아. 사진!

— 그래요. 사진에는 자신이 있어요.

— 그래, 그래서 말인데 이제부터 너는 각 점포의 사진을 찍어서 앨범을 만들어라. 설비의 변동상황과 내부시설, 칸막이의 변경 등 모든 변화를 카메라에 담아서 보관해라. 우선 모든 점포에 공문을 보내라. 변경하고 싶은 것이 있으면 사전에 허락을 받으라고. 또 카운티나 시티에 허가를 받고 하는지도 살피고, 그들이 나갈 때는 원상복구를 해놓아야 하거든. 코인 라운드리는 30개도 넘게 지붕을 뚫어놓았어. 사진으로 전후를 남겨놓아야 그걸 증거로 쓸 수 있어. 네가 그 관리를 해. 그래야 내가 너에게 월급을 줄 수 있어.

— 그러면 집에 암실을 하나 만들어주세요.

다행이었다. 하겠다는 대답인 거나 마찬가지였다. 도무지 말을 하지 않는 아이의 입에서 요구조건이 나온 것은 긍정의 신호였다. 할 일도 아닌 일을 일로 만들어서 맡기는 수밖에 없었다.

— 일을 해서 돈을 버는 거야. 더 좋은 카메라와 렌즈도 살 수 있지. 앞으로는 필름값이나 사진 현상비용을 나에게 달라고 하지 않아도 되잖아.

밴자민이 문을 열고 닫으며 내는 소리가 귀에 거슬렸다. 리차드는 텅 빈 사무실의 회의용 테이블에 기대어 멍해진 상태로 시가를 빼어 물었다. 사랑이 없는 상태에서 태어난 아이였다.

…… 이혼할 거였으면 왜 아이를 낳았는지 모르겠어. 에미의 역할을 하지 않을 거라면 왜 낳아. 무책임하게.

골치 아픈 일은 또 있었다. 이혼한 장남의 문제가 꺼림직했다. 캘리포니아에서는 이혼을 할 때 재산을 반반씩 나누게 되어 있었다. 다행히 죠지는 저우 가문의 부동산에 대해 지분을 갖고 있지 않았으므로 빼앗길 것은 없었다. 다만 그들이 살던 집을 팔아서 나눌 수밖에 없었는데 그것이 문제였다. 아이가 없는 것이 다행이었다.

…… 집을 반으로 쪼갤 수도 없고…

아버지가 스카츠밸리의 집을 장손 명의로 돌려놓는 것에 반대했어야 했다. 아버지가 사시던 집을 매각하고 싶지는 않았다. 밴자민은 동거 중에 갈라섰기 때문에 아무런 흔적을 남기지 않았다.

리차드는 깊은 생각에 잠겨 천천히 철계단을 내려와서 리커스토어를 향해 걸어갔다. 곁눈질로 보니 웬 동양 여자가 채소를 다듬고 있었고, 좌판의 모서리에서는 곱추가 쪼그리고 앉아서 활의 시위를 메고 있었다. 잠시 곱추와 눈이 마주쳤으나 리차드는 모른 체하고 델리의 문을 열었다.

그는 커피잔을 들고 먼 옛날의 어머니를 떠올렸다. 만삭의 몸으로 41번가의 길가에서 양배추를 팔던 어머니의 모습을 떠올렸다. 머릿속에 있던 말을 하루종일 쏟아내어서인지 더 이상 아무 말도 하고 싶지 않았다.

…… 다음주에 해결할까? 내일로 미루면 안 되지. 돈이 드는 것도 아닌데. 내쫓아야만 해. 내버려두면 쇼핑센터는 점점 엉망이 될 거야.

리차드는 델리 앞의 회랑을 지나 건물 모서리에 서서 손수레에 과일박스를 싣고 있는 동양 여자와 곱추를 번갈아 노려보았다.

— 여기서 무얼 하고 있는 거요?

그들은 겁에 질린 눈으로 동시에 리차드를 바라보았다.

— 보시다시피.

— 자네에게 묻지 않았네.

리차드는 화가 드러나지 않도록 권위를 실어 점잖게 말했다. 리차드는 둘의 조합이 어딘지 모르게 어색하다고 느꼈다. 동양인답지 않게 큰 키에 피부가 하얀 여자는 먹지 못한 포인터처럼 말라 있었고, 곱추는 등이 굽은 만큼 키가 줄어들었는지 여자의 어깨 높이만도 못했다. 곱추는 어깨에 활을 메고 있었는데 활 끝이 땅에 닿아 있었다.

— 과일과 야채 좀 팔고 있어요.

— 누가 여기서 장사를 하라고 허락했느냐 말이오.

— 빈 땅이 있기에…

곱추는 누런 이를 드러내며 비굴하게 웃었다.

— 이 땅의 주인은 나요. 그리고 저 지붕은 누가 설치했소?

— 리커 사장님이 만들어주셨어요. 채소가 시들지 않도록 그늘막을 쳐주신 거예요.

12피트가량 떨어져 있는 건물 사이는 각목이 걸쳐져 있었고, 그 위에는 방수포로 덮여 있었다. 바람에 방수포가 펄럭였다.

— 일주일간 시간을 줄 터이니 그 안에 깨끗이 치우시오. 저 지붕은 내일 당장 철거하고…

여자는 베트남식 고깔모자 속에서 눈을 내리깔고 있었고, 곱추는 활의 둥근 부분을 쓰다듬고 있었다.

총

벽의 바깥에서 웅성거리는 소리가 리커스토어의 안에까지 들려왔다. 천 교수는 창고로 달려가서 먼지 낀 창을 통해 밖을 내다보았다. 천 교수의 아내는 그의 곁에서 발돋움을 한 채 어깨를 잡고 그 광경을 바라보았다.

— 리차드가 왔군. 내가 나가 볼까?

— 참견하지 말아요. 괜히 리차드에게 밉보여서 우리까지 내쫓길지도 몰라요. 요즘 집세도 제때 내지 못하고 있는 마당에…

리차드가 등을 돌려 시가에 불을 붙이고 나서 다짐을 받고 있었다.

…… 일주일 여유를 준 것만으로도 다행이라 여겨야 해.

리차드는 어머니의 영혼이 그를 어루만져 선의를 베풀게 했다고 생각하고 있었다. 리차드는 허공을 향해 시가 연기를 내뿜으며 황금색 진기차를 향해 발걸음을 옮겼다.

천 교수는 맥주박스를 정리하고 나서 허리를 폈다. 캐시어에게 창고의 정리를 맡길 수가 없었다. 캐시어로 고용됐다고 해서 청소나 정리에는 신경을 쓰지 않았다. 설령 별도의 임금을 지불하고 창고 정리를 시킨다 해도 마음에 들지 않았다. 선입선출의 개념을 아무리 설명해주어도 그들은 가지런히 쌓아놓는 것으로 할 일을 다 했다고 여기기 때문이었다. 하기는 300가지도 넘는 상품들을 입고 순서대로 정리한다는 것이 쉬운 일은 아니었다.

아내는 카운터 주변을 정리하고 있었다. 값비싼 쿠바산 시가는 카운터 뒤의 진열장에 가지런히 놓고 키를 채워두었다. 야간근무를 하는 캐시어는 벌써 며칠째 결근하고 있었다. 산달이 가까워서 일을 할 수 없다고 쥬디의 멕시코인 남편이 찾아와서 말했다.

— 애가 넷이나 있는데 뭘 또 낳겠다고 참.

— 멕시코 사람들은 낳는 데까지 낳아요.

— 좀 쉬었다 합시다. 밤을 새워도 정리를 다 못할 것 같아.

아내가 콜라캔 두 개를 들고 밖으로 나갔다. 아내는 마이와 쿠엔을 안으로 데리고 와서 접이식 의자를 펼쳐주었다.

— 마이, 걱정하지 말아. 무슨 수가 있을 거야. 우선 목이나 축이고 천천히 생각해보자구.

아내는 무슨 대책이 있는 것도 아닌데 그들을 위로하며 천 교수를 불렀다.

— 여보, 생각 좀 해봐요.

마이가 밖으로 나가더니 팔다 남은 딸기를 씻어서 플라스틱 바구니에 담아가지고 왔다.

— 우선 쿠엔의 문제부터 해결해봅시다.

천 교수는 그간 궁금해하던 한 가지를 마이에게 물었다.

— 앉아요 거기. 온종일 서 있었으니 다리가 아플 거야. 쿠엔이 동생이라고 했지 아마.

— 네, 동생이나 다름이 없어요.

— 다름이 없다면 혈육은 아니라는 말이구먼.

마이는 햇볕에 검게 탄 손등을 내려다보며 미소지었다.

— 아무튼 그래요. 자세한 내막은 언젠가 나중에 말씀드릴게요.

천 교수는 마이가 낯처해하는 표정을 짓자 더 이상 묻지 않았다.

— 우리도 그렇게 생각했어. 둘은 닮은 데가 하나도 없거든. 말하지 않아도 돼, 마이.

아내가 웃으면서 말했다.

— 그건 그렇고, 쿠엔 자네는 활 잘 만드는 것 말고 뭐 잘하는 게 또 없나?

천 교수는 선의를 가지고 쿠엔의 굽은 등을 어루만졌다. 쿠엔은 벌어진 앞니 사이로 웃음을 흘려보냈다. 난생처음으로 누구에겐가 받은 호의에 가슴이 뛰었다. 쿠엔이 마이의 눈치를 살폈다.

— 쿠엔이 잘하는 게 있어요. 쿠엔은 배를 잘 다룰 줄 알아요. 활도 잘 쏘구요.

— 둘 다 나에게는 쓸모가 없군.

천 교수는 한심하다는 듯이 쿠엔의 등을 토닥거렸다.

— 또 있어요.

마이가 생각났다는 듯이 다소 큰소리로 말했다.

— 쿠엔은 기운이 장사에요. 힘이 세죠. 그리고 또 쿠엔은 셈을 잘해요. 구구단을 100단까지 외울 수도 있어요. 더하기 빼기는 금방이고, 곱하기 나누기는 1분도 안 걸려요. 쿠엔은 몇 걸음 걸으면 100미터가 되는지도 알고요. 배가 몇 시간을 가면 몇 킬로미터가 된다는 것도 알죠. 그 덕에 우리가 살아나긴 했지만…

천 교수는 마지막 말의 뜻을 이해하지 못했다. 걸음의 숫자와 배의 속도로 지나온 길의 거리를 계산하는 데는 변수가 많다고 말해주려다 그만두었다.

— 셈에 밝다니 쓸모가 많겠네. 잠시 앉아서 기다리게.

천 교수는 아내를 눈짓으로 불러 창고로 들어갔다.

— 여보, 쿠엔을 쥬디 대신 야간 캐시어로 채용하면 어떨까?

— 괜찮을 것 같아요. 힘도 세다고 하니 창고정리도 시키면 되겠고요.

천 교수와 아내는 다시 카운터로 돌아와 마이와 쿠엔의 맞은편에 서서 밝게 말했다.

— 쿠엔, 활을 아무리 잘 쏘아도 돈이 되진 않네. 그리고 활보다는 총이 더 빠르지. 이 땅에서 아메리칸 인디언이 왜 쫓겨났는지 아

나? 활로 총을 이길 수 없었기 때문이야. 총은 소리가 요란해서 은밀함에 있어서는 활보다 못하기는 하지만 쿠엔, 누이가 저 고생을 하는데 자네도 돈을 벌어 보태야 되지 않겠나. 그래서 말인데 마침 우리 가게에 캐시어가 필요하네. 야간에 일할 사람을 구하기도 힘들고… 자네가 야간 카운터를 맡아서 일했으면 좋겠어.

…… 카운터를? 맡아서? 해달라고?

쿠엔은 어안이 벙벙했다. 쿠엔이 천 교수의 말을 충분히 이해하지 못한 것을 알고 마이가 대신 대답했다.

― 고맙습니다, 사장님, 사모님.

― 자, 그리고 두 번째 문제인데 아까 그 땅주인이라던 리차드는 냉정한 사람이야. 일주일 후면 틀림없이 경찰을 데리고 올 거야. 그러니 좌판을 걷거나 옮겨야 해요, 마이.

천 교수는 아내를 보며 뜻밖의 제안을 했다.

…… 땅의 주인이라…

본디 이 땅의 주인은 아메리칸 인디언이라고 말해보았자 실성한 사람이라고 손가락질할 것이었다. 지금의 주인이 주인인 거지라고 혼자 중얼거렸다.

…… 그렇지만 이 땅에서 지금 누구라도 살아가야 할 권리는 있어. 소유의 권리보다 삶의 권리가 우선인 게야!

― 마이, 이렇게 합시다. 우리 리커스토어 앞의 회랑 넓이가 3미터가량 되는데 절반가량에 좌판을 펴는 거야. 깨끗하게만 관리한나

면 리차드도 말 못할 거야. 다른 점포들도 식탁과 의자를 내놓고 손님을 받거든. 저기 옷가게처럼 옷을 전시하기도 하니까. 델리(Deli)나 옷가게처럼.

마이는 안심이 되면서도 걱정이 앞섰다. 이 친절한 부부에게 폐를 끼쳐서는 안 될 것이었다.

— 쿠엔, 당장 오늘 밤부터 일할 수 있겠나?

— 할 수 있고 말고요.

마이가 빠르게 대답했다.

— 할 수 있고 말고요.

쿠엔은 마이의 말을 흉내내어 똑같은 말투로 말했다. 그리고 나서 쿠엔은 마이의 등에 얼굴을 대고 나오려는 눈물을 참았다. 지금까지 타인들로부터 받은 모멸감과 인간적 상처가 되살아나 그를 괴롭혔다.

— 울지 말아, 쿠엔.

그들이 서로의 감정을 추스르는 동안 천 교수의 아내가 라면을 끓인 냄비 손잡이를 수건으로 싸들고 창고로 들어갔다.

— 다들 이리로 와요. 배가 고플 거야.

라면을 그릇에 나누어 담으며 말했다.

— 모든 게 잘 될 거야. 걱정한다고 나아지는 건 아무것도 없어. 어떻게든 다 살아가게 될 거야.

— 그렇고 말고. 희망을 잃지 않는다면 내일은 오늘보다 나아지게

마련이니까. 가끔은 악마가 끼어들어 훼방을 놀 때도 있지만. 그리고 마이, 오늘부터는 손수레로 물건을 옮기지 않아도 돼요. 창고를 잘 정리하면 한구석에 자리가 좀 남을 거니까 거기다가 팔다 남은 과일과 채소를 옮겨놓고 가면 돼.

쿠엔이 천 교수를 도와 창고를 정리해 나갔다. 마이는 빈 수레를 끌고 캐피톨라 로드를 따라 어둠 속을 걸어갔다.

아내는 카운터 밑으로 들어가 흐트러진 종이백들을 크기별로 나누고 있었다. 쿠엔은 천 교수의 손짓에 따라 양주박스들을 이리저리 옮겼다. 등이 굽어서 키가 작아진 만큼 3단 이상 쌓지 못하게 되자 사다리에 올라가서 7단까지 쌓고 있었다.

— 쿠엔, 5단까지만 쌓아. 너무 높이게 되면 쓰러져서 깨질 수노 있거든.

천 교수가 다섯 손가락을 펼쳐 보였다.

— 쿠엔, 잘 팔리는 물건은 앞쪽에 놓고, 잘 안 팔리는 물건은 뒤쪽에 놓는 것이 좋아. 잘 팔리는 박스엔 브이(V)자를 표시해 놓을게. 비싼 술은 눈에 잘 띄는 곳에 놓고. 쿠엔, 박스 모서리에 날짜가 보이지? 오래된 것을 먼저 팔아야 돼. 엊그제 입고된 것은 밑으로 보내. 선입선출을 잘하려면 오래된 것 위에 새것을 놓으면 안 돼. 가급적 두 줄로 쌓고 왼쪽 줄부터 파는 거야.

— 선. 입. 선. 출.

쿠엔이 띄엄띄엄 천 교수의 말을 반복했다.

― 그래, 먼저 들어온 것을 먼저 내보낸다는 뜻이야. 선반에 있는 잡화들은 왼쪽부터 오래된 것을 배치해. 항상 왼쪽에 있는 것부터 내다 팔아.

쿠엔은 땀을 흘리지 않았다.

― 천천히 하도록 해. 오늘 하루에 끝내지 않아도 돼.

― 힘들지 않아요. 하루종일 배를 저은 적도 있어요.

― 너무 겁먹지 말아. 가격은 다 외울 필요는 없어. 모든 상품마다 다 가격표를 붙여두었으니까. 바코드를 기계에 대기만 하면 화면에 나오고 합계도 알 수 있어. 바코드가 없는 것은 가격 일람표가 있는 노트를 찾아보면 되고, 시간이 지나면 다 외우게 될 거야. 뒷문 옆에는 공간을 좀 더 만들어. 야채와 과일을 무리하게 쌓아놓으면 금방 상해.

쿠엔은 민첩했다. 힘에 벅찬 듯 보였지만 열대지방 사람의 체질 탓인지 땀 한 방울 흘리지 않았다.

― 자, 얼추 다 되었네. 잠시 쉬었다 하자구. 자네 그 활과 화살통은 저기 문기둥에 있는 못에다 걸어. 한 달에 한 번씩 이 난리를 치지 않으려면 평소에 그때그때 잘 정리를 해두는 게 좋아.

시곗바늘이 새벽 다섯 시를 넘기자 일요일의 먼동이 트고 있었다. 천 교수는 친구들에게 줄 초코렛 다섯 개와 땅콩 한 봉지를 주머니에 넣었다.

― 쿠엔, 여덟 시에 마티나가 오면 교대하고 집에 가서 쉬게. 그

리고 저녁 여덟 시에 출근하고. 자네가 익숙해질 때까지 나도 나올게.

그때였다. 카운터 방향에서 아내의 울부짖는 소리가 들려왔다. 천 교수는 직감적으로 강도가 든 것을 알아차렸다.

— 쿠엔, 날 쫓아와!

천 교수는 가게로 통하는 문 옆에 세워둔 야구방망이를 들고 카운터를 향해 달려 나갔다. 불과 서른 보폭의 거리였다. 천 교수가 절반쯤 다가갔을 때 총소리가 났다. 아내의 상체가 동전만 남은 캐시드로우어(Cash Drawer) 위로 무너졌다. 카운터 위에는 1달러짜리 지폐 몇 장이 널려 있었다. 천 교수가 카운터에 다달았을 때 놈은 이미 문을 박차고 도망치고 있었다.

천 교수는 바닥에 떨어진 아내의 안경을 밟고 휘청거리며 야구방망이를 떨어뜨렸다. 겨우 몸의 균형을 잡고 놈을 쫓았을 때는 거리가 멀어져 있었다. 키가 큰 놈이었다. 창백한 얼굴을 검은 후드 자켓이 가려주어 전모를 볼 수 없었다. 가로등 불빛이 놈의 낡은 후드 자켓 등판에 새겨진 제트(Z) 글자를 비춰주고 있었다.

쿠엔도 뒤따라왔다. 천 교수와 놈의 간격은 점점 벌어지고 있었지만 쿠엔과 놈의 간격은 좁혀지고 있었다. 쿠엔은 활대에 걸려 넘어졌다. 그때 놈이 돌아서서 천 교수를 향해 권총을 발사했다. 천 교수는 그 자리에 쓰러졌다. 쿠엔이 멈칫거리는 사이 놈은 쿠엔과의 거리를 벌렸다.

쿠엔은 어깨에 멘 활의 시위에 화살을 걸어 힘껏 당겼다. 화살은 빗나갔다. 그가 만든 화살이 곧지 않았으므로 굽어 있는 만큼의 오차로 놈의 등판에서 벗어나고 말았다. 지금까지 살아오면서 과녁을 맞추지 못한 것은 오늘이 처음이었다.

천 교수는 사흘째가 되어서야 도미니칸 허스피탈(Dominican Hospital)의 병상에서 눈을 떴다. 팔에 꽂은 주삿바늘로 빨간 혈액과 수액에 섞인 항생제가 한 방울씩 밀려 들어가고 있었다. 계기판에는 등락이 일정한 포물선이 떨리고 있었다. 마이와 쿠엔이 그를 내려다보고 있었다.

— 집사람은?

마이가 흐느꼈다. 천 교수는 눈을 감았다. 아내가 돌아오지 못할 길을 떠났다는 것을 알았다. 늙은 간호원이 들어와 마이를 진정시켰다.

— 고비는 넘겼습니다. 출혈이 과다해서 이분의 수혈이 아니었으면 위험하실 수도 있었어요. RH 포지티브(Positive)여서 다행이었어요. 만약 RH 네가티브(Negative)였더라면 혈액을 구하지도 못했을 겁니다.

천 교수는 자기의 몸속에서 마이의 피가 섞여 돌아다니고 있다는 것이 믿기지 않았다.

— 가게에는 한동안 못 들어간대요. 경찰이 조사가 끝나는 대로 연락해준다고 했어요.

쿠엔이 더듬거리며 말했다.

— 그래, 고맙다. 쿠엔, 고생이 많았구나.

쿠엔은 자신이 일하게 된 첫날 일어난 불상사에 대해 혹시 자신 때문은 아니었을까 하는 자책감이 들어 괴로워했다. 무엇보다 빗나간 화살을 매일 원망했다.

…… 화살이 휜 만큼 조준을 달리했어야 했어.

혁명호

여름 한 계절 동안 그린 바다의 그림은 열 점이 넘었다. 언제부터 인가 피어의 끝에서 백여 미터 떨어진 곳에 하얀 보트가 한 척 정박해 있었다. 이 화백은 그 보트를 그림 속에 넣지 않았다. 보트의 선미에 붉은색으로 새겨진 레볼루션(Revolution)이란 글자가 왠지 낯설었다.

…… 혁명호라…

배는 항해를 잊은 듯 정박해 있었다. 이 화백은 바다만을 그렸다. 바다의 색깔은 아침저녁으로 달랐고, 어제와 오늘이 달랐다. 바람 부는 날의 바다는 물결이 일어서는 크기에 따라 그 색깔이 바뀌었다. 하늘이 어두운 날 바다는 몸부림쳤고 사나워졌다. 하나의 하늘은 개별의 수많은 물결 위에서 늘 닿을 수 없는 거리를 유지하면서 바다를 지배하고 있었다.

일(1)과 구(9)가 등식을 이루는 세상에서 천 교수 부인의 죽음은 퐁니, 퐁넛 마을의 참상과 오버랩되어 이 화백을 심란하게 했다. 이 화백은 더 이상 바다를 그리고 싶지 않았다. 차라리 하늘을 그리는 것이 나을성싶었다. 바람이 몬트레이 반도를 타고 넘어 오팔 로드까지 와서 쿠바산 시가의 냄새를 풍겼다.

반도에는 17마일에 걸쳐 수천만 불짜리 저택이 요새를 이루고 있었고, 쿠바산 고급 시가의 달콤한 냄새가 숲속에 퍼졌다. 그들이 어떻게 그것을 소유하게 되었는지 알 길은 없었다. 묻는 사람에게 막연히 대답했다. 종합병원의 원장일 수도 있었고, 거대 로펌의 수석변호사일 수도 있었다. 또한 쇼핑몰의 주인일 수도 있었고, 의회의 의원일 수도 있었다. 유명가수이거나 영화의 주연배우일 수도 있었다. 아니면 백오십여 년 전의 금광을 소유했던 부호의 후손일 수도 있었다.

그들은 법대로 벌었고, 법대로 누리고 있으므로 그들의 부는 정당할 것이었고, 경멸할 어떤 이유도 없을 것이었다. 그들은 그들끼리 놀고, 그들끼리 마셨기 때문에 어떻게 놀고 무엇을 마셨는지 아는 사람은 없었다.

페블비치에서 한 라운드에 오백 불을 지불하고 치던, 캐피톨라의 델 라 베가(Del la Vaga) 골프장에서 오십 불을 내고 골프를 치던 마찬가지일 것이었다.

부유한 자의 하루나 빈곤한 자의 하루나 그것은 같을 것이었다. 쿠바산 시가와 값싼 시가의 맛은 냄새가 다를 뿐 폐를 해치기는 마찬가지일 것이었다. 총을 맞아 죽지만 않는다면 모두의 하루는 똑같을 것이었다. 하루는 하루일 뿐이다. 하루의 질은 그대들 마음속에 있을 것이었다. 이 화백은 키가 큰 백인 총격범의 총과 쿠엔의 구부러진 화살을 생각하면서 화구를 챙겼다.

…… 오늘은 피어로 내려가서 이곳 벼랑 위의 집들을 그리자. 혁명호의 주인은 누구일까?

집을 나서자 마이의 집 앞에 정차되어 있는 황금색 전기차가 보였다. 이 화백이 녹슨 기찻길을 건너 오팔 로드로 들어섰을 때 기찻길에 앉아 화살을 다듬고 있는 쿠엔과 마주쳤다. 쿠엔은 철로 위에 화살을 늘어놓고 구부러진 화살을 골라내어 예리한 칼로 다듬고 있는 중이었다. 씩 웃는 쿠엔의 얼굴에 살기가 번져 있었다. 이 화백은 「쿠엔, 활은 총보다 늦어」라고 말하려다 그만두었다.

— 쿠엔, 뭘 하고 있나?

쿠엔은 철로에 얼굴을 대고 화살의 구부러진 부분을 찾아내려고 한쪽 눈을 감고 열린 눈으로 수평을 관측했다.

— 구부러진 화살을 찾으려구요. 요전에 그놈을 맞추지 못한 건 화살 때문이에요.

쿠엔은 다시 철로 위에 대못을 올려놓았다.

— 못은 무엇에 쓰려고?

— 기차가 지나가면 납작해져요. 화살촉으로 쓰기에 제격이죠.

— 위험해 쿠엔. 기차가 오게 되면…

— 기차는 10시에 지나가요.

철길에 귀를 대고 쿠엔이 말했다.

— 1분 후에 올 것 같아요.

정확히 10시가 되자 헨리코웰(Henry Cowell) 주립공원의 레드우드(Redwood) 숲에서 출발한 증기기관차가 경적을 울렸다. 무개차량에 탄 관광객들이 몸을 꼬아 그들에게 손을 흔들었다. 관광객들은 화구를 들고 있는 이 화백과 화살을 걸쳐 멘 쿠엔을 보고 환호성을 질렀다. 관광객들은 이 기묘한 풍경을 오래 기억할 것이었다.

골동품

명 회장은 자신을 명 비서관님이라고 부르는 것을 싫어했다. 그래서 이웃들은 그를 명 회장님이라고 불렀다. 그는 혁명을 찬양했고, 혁명을 일으킨 사람을 존경했다. 신문의 칼럼과 사설에 혁명의 당위성과 키 작고 검은 얼굴의 사내를 칭송하는 글을 실었다. 그가 집권하자 명혁일은 푸른 기와지붕의 부름을 받아 여러 비서관 중의 하나가 되었다. 공보비서관이었다.

고속도로 건설이 시작되자 정적들은 공사현장에 엎어져 공사중단을 요구하고 있었다. 그들에게는 마찻길만이 길인 것처럼 보이는 모양이었다. 활과 총의 차이만큼이나 마찻길과 고속도로의 차이는 컸다. 혁명가의 지휘에 절망한 것은 권력을 탐하던 자들의 몫일 뿐 백성은 녹색의 깃발 아래에서 나태의 짐을 벗어 던지고 있었다. 보릿고개를 넘길 때마다 굶주렸던 백성은 무기력에서 벗어나 생기를 되찾고 스스로의 길로 내달렸다.

광화문광장에 이순신 동상이 세워지자 400년 전의 충무공이 환생을 한 것 같았다. 민족의 역사상 전에도 없었고, 후에도 없을 새로운 지도자의 혜안으로 좌익의 날개는 부러졌고 세상의 판은 뒤집어졌다.

어느 긴 겨울밤, 더 사랑해 달라고 칭얼대는 아이처럼 철없는 자의 횡설수설로 세상은 다시 거친 바다의 파도 위에서 표류했다. 부르투스의 검이 카이사르를 찔렀다. 명혁일은 보좌관과 헤어질 때 말했다.

— 배반은 믿어야 할 사람을 의심하는 의처증 같은 거네. 인간은 모든 것을 자신의 이익으로부터 출발해. 대의는 두 번째야. 그 배반이 국가일 때는 반역이 되는 거지.

사심이 없는 철인에 의해 전진하던 역사는 이순신의 동상 앞 동판에 더 새겨질 수 없었다. 대통령이 없자 비서관도 없어졌다. 명혁일은 갑자기 바뀐 세상에서 서 있을 곳을 찾지 못했다.

그는 다시 신문사로 돌아가지 못했다. 모두가 침묵했고 모두가 서로의 눈치를 살폈다. 국민들은 헷갈렸다. 백성의 나라인지, 나라의 백성인지 구별이 되지 않았다. 짐을 꾸려 집으로 돌아온 날 아내가 말했다.

— 혁명은 아직 완성되지 않았어요.

— 그래요, 맞아! 이제 또 얼마나 많은 좌익들이 바퀴벌레처럼 스멀스멀 기어 나와 세상을 오염시키고 백성의 양식을 수탈해갈지

그게 걱정이오. 민주화란 탈바가지를 쓰고 혼란을 부추기고 있어. 그들의 운동은 생계수단이고, 선동은 그들의 취미생활일 뿐이지. 민주를 디딤돌 삼아 출세하려는 자들이 넘쳐나는데 이제 혁명을 완성하는 것은 백성의 몫일 뿐 대안이 없네.

명혁일은 명석했고 기민하게 움직였다. 전직 비서관들이 불려 다니고 수모를 당하고 있을 때 그는 이미 그 북새통을 빠져나와 있었다. 살던 집만 남겨두고 은퇴 후에 낙향하여 살 토지는 모두 종교단체에 기부해버렸다.

명혁일은 낯선 땅에 도착하자마자 자신이 해낼 수 있는 업종을 조사했다. 언어의 장벽 속에서도 해나갈 수 있는 업종과 투자 대비 소득이 높은 업종을 찾았다. 그는 산타쿠루즈 카운티의 앱토스 시티에 있는 세탁소를 사들였다. 카운티 전체에 걸쳐 서너 개의 세탁소밖에 없었으므로 경쟁이 심하지도 않았다.

그는 채 3년이 지나지 않아 다섯 개의 지점을 차렸다. 다운타운에서 시작하여 1번 후리웨이의 출구가 나올 때마다 지점을 개설했다. 세탁설비는 본점에만 있으면 되었기 때문에 큰 자본을 필요로 하지 않았다.

그는 직접 일하지 않고도 각 지점의 매니저들을 활용해 큰 수입을 올릴 수 있었다. 세무보고에서 제외시킨 현금으로 골동품들을 사들였다. 장롱과 식탁, 의자 등의 골동품으로 집 안을 장식했다. 원시적인 형태의 주물로 된 다리미도 수집했다. 백여 종이 넘는 다리미들은 대개 숯불을 이용하게 되어 있었다.

그의 골동품 중에는 아메리칸 인디언의 활과 배의 노도 있었다. 그는 활과 노를 벽에 걸어놓고 말 타고 달리던 초원의 인디언을 상상했다. 불모지의 황야로 내몰린 인디언을 도시에서 볼 수는 없었다.

부동산 붐이 시작되고 있었다. 그는 재빨리 앱토스 쇼핑센터 앞의 2에이커 토지를 사들였다. 1년도 되지 않아 시세가 2배로 뛰었다. 그는 깨달았다. 세탁소에서 푼돈이나 벌고 있을 때가 아니었다.

…… 모두 정리하고 부동산에 투자해보자.

명혁일의 결심은 단호했고 실행은 신속했다. 정체되어 가고 있는 세탁소의 매출이 그의 결심을 부채질했다.

은행에서는 10퍼센트의 다운페이로도 부동산에 대한 대출을 승인해주고 있었다. 은행의 서브프라임 모기지론이 성행했다. 제로 다운페이로 집을 구입하는 사람도 생겨났다. 자고 나면 오르는 부동산 시세로 몇 달 만에 차익을 챙기는 사람이 늘고 있었다. 부인들이 더 들떠 있었고 적극적이었다. 이삼십 년씩 스몰 비지니스를 하면서 먹고 싶은 것 줄이고, 입고 싶은 옷 안 사입으며 살아온 이들이었다.

살고 있는 집의 모기지에 대한 페이먼트에 억눌려서 변변한 휴가 한 번 가지 못한 이들이 많았다. 그들은 겨우 쌓인 에큐티를 뽑아서 아리조나주와 라스베가스 인근에 주택을 사들였다. 두 채, 세

채를 사들이는 사람들도 있었다. 세를 주면 페이먼트가 가능했으므로 공짜로 집 한 채를 더 갖게 된 기분이었다. 고생한 아내들은 머지않아 부동산 부자가 될 것이었다.

아내들은 남편들을 채근했다. 고국에서는 그토록 씩씩했던 남편들이 다 어디로 갔는지 아내들은 숨이 막혔다. 남편들은 아내들의 용기에 눌려 반대하지 못하고 눈치를 살피며 기대했다. 아내들의 투자에 침묵했으나 대출서류에 동의 서명을 하지 않을 수 없었다. 단지 세상이 좀 이상하게 돌아가고 있다고 생각할 뿐이었다.

결심이 서자 명혁일은 일가친척 모두를 집으로 불렀다. 누님 부부와 세 남동생 부부와 처남 부부였다. 그들은 명혁일의 초청으로 미국에 이민 와 있었고, 명혁일의 지원과 조언에 따라 스몰 비지니스를 운영해서 자리를 잡아가고 있는 중이었다.

대부분 세탁소를 운영하고 있었는데 목이 좋은 곳에 자리 잡은 첫째 동생은 벌써 새크라멘토 평원에 넓은 농지를 소유하고 있었다. 부모님이 일찍 돌아가신 후 명혁일이 형제들을 공부시키고 결혼까지 뒷바라지를 한 탓에 부모처럼 여겼다. 동생이 숯불에 익힌 바비큐갈비 한 쟁반을 들고 와서 식탁에 올려놓았다.

— 조금 있다가 드세요. 꿩치구이도 다 되어가니까요.

명혁일은 제 몫을 다하고 있는 피붙이들을 뿌듯한 심정으로 둘러보았다.

— 매형, 어서 드세요. 갈비는 식으면 맛이 없어요.

배를 따지 않고 구운 꽁치는 생선의 액체가 빠져나가지 않아서 생선 냄새가 갈비 냄새를 압도했다. 육식을 하지 않는 누이를 배려해서 아내가 늘 준비하는 메뉴였다. 명혁일은 젓가락을 들어 꽁치의 살점을 집어 들면서 본론으로 들어갔다.

― 매형님, 제수씨들 그리고 처남댁. 나는 이제 세탁소를 모두 매각하려 합니다.

모두들 의아한 눈으로 명혁일을 바라보며 다음 말을 기다렸다.

― 이제 세탁소는 더 이상 매상이 늘지 않고 있어요. 렌트비는 계속 올라가고, 인건비도 벌써 30프로나 뛰었죠. 시간당 6불 50전 하던 최저임금이 어느새 8불이 넘었는데도 사람 구하기가 힘들어요. 멕시코 애들도 이제 힘든 일을 하려고 하지 않아요. 무거운 스팀 다리미를 들려고 하지 않죠. 젊은 애들도 이제는 세탁소 일을 배우려고 하지도 않구요. 무엇보다도 세탁소가 좀 된다 싶으니까 여기저기 너무 많이 생겨나고 있어요. 경쟁이 심해지니 가격을 올리기도 어렵고…

모두 고개를 끄덕였다. 더구나 불법이민자 단속으로 사람 구하기가 더 어려워진 것이 현실이었다.

― 그래도 아직은 세탁소 시세가 좋으니까 이때 팔아치우는 것이 좋겠어요.

세탁소 값은 월 매상의 이십 배에서 삼십 배로서 식당 비지니스보다는 높은 가격에 매매되고 있었다. 제수씨들은 말없이 스팀 다리미에 덴 손가락을 만지작거리고 있었다.
— 저의 세탁소 다섯 개와 집과 앱토스의 토지를 팔면 육백만 불은 될 것 같아요. 그동안 알아보니 LA 근교에 대규모 주택단지가 들어서고, 그 중심에 쇼핑몰을 짓고 있는데 그 몰의 20프로 지분을 사들이려면 천만 불이 소요될 것 같습니다. 중국인 건설회사가 맡아서 하는 사업인데 투자자가 몰리고 있어요.
— 육백만 불이면 형님은 새로 사업을 벌리지 않아도 되는데…
형제들은 명혁일의 육백만 불이란 말에 내심 놀라고 있었다.
— 억지로 강권하지는 않겠어요. 매형, 제수씨들, 처남댁, 렌트를 주면 융자금에 대한 페이먼트를 하고도 생활비를 충분히 갖다 쓸 수 있어요.
명 회장이 실패한 것을 본 적이 없는 형제들은 반대하지 않았다.
— 부부가 의논해서 결정을 한 후 알려주세요.
— 한 번 가보는 것이 어떨까?
연장자인 매형의 제안이었다.

중국인들의 단결심은 경이로웠다. 그들은 부동산 개발회사를 설립하고 투자들을 모집했다. 고객은 주로 투자이민을 신청한 본토 사람들과 미국에 와서 몇 대에 걸쳐 고생하며 살아온 중국 상인들이었다. 고객 중에 백인은 없었고, 가끔 다른 동양인들이 있었는데 한국인들은 합작회사에 익숙지가 않아서인지 공동소유에 대해

낯설어했다.

그들의 부동산 개발회사는 실패한 적이 없었기 때문에 경쟁적으로 투자자들이 몰려들고 있었다. 개발회사의 임원들은 투자금에서 급여를 받아갔고, 운영비용을 지불했다. 설령 사업이 실패한다 하더라도 개발회사가 책임질 일은 없었고, 손해볼 것도 없었다. 그것이 개발회사의 구조였다.

투자자의 모집, 상권의 조사, 융자의 알선과 수속, 토지매입 규모와 설계, 건설, 임대분양과 사후관리 등 일체를 관장했으므로 투자자들은 돈만 대면 그만이었다. 임대분양이 완료된 후에는 관리회사의 자격으로 수익금의 5퍼센트를 징수했다. 10퍼센트 내외가 시세였으나 개발회사는 욕심을 내지 않았다.

몇 년 전에 산호세(San Jose)에 건설된 중국인 수퍼마켓은 대성공이었다. 소액 투자자가 백 명이 넘었지만 어느 누구도 불평을 하거나 불만을 표시하는 사람이 없었다. 그 소문이 퍼져서 다른 민족들은 부러워했다. 명혁일은 자신의 계획에 확신을 가졌고, 형제들은 꿈에 부풀어 있었다.

…… 형님은 은퇴해야 되는 나이인데 우리를 위해서 또 고생을 자처하시는 거야.

…… 우리도 이제 랜 로드(Land Lord)가 되는 거야.

…… 뼈저리게 일해서 렌트비를 내고 나면 별로 손에 잡히는 것도 없어. 우리들 노동의 대가 징도밖에는 안 되는 거지.

…… 이십여 년간 낸 임대료가 얼만데? 그걸 모두 합치면 세 들어 있는 가게를 사고도 남을 거야.

리차드의 소개로 만난 개발회사 사장은 온화한 사람이었다. 지분은 20퍼센트 정도 남아 있었다. 개발회사 사장은 천만 불을 투자할 것을 권했다. 융자금은 회사가 알아서 처리할 것이라고 말했다. 투자를 했던 본토의 고위관리가 부득이한 사정으로 투자금을 회수해가는 바람에 생긴 지분이라고 했다.

다섯 명의 형제들은 각기 백만 불씩을 준비하기로 하고 헤어졌다. 그들의 재산은 저축에 의한 것이 아니었고, 주택가격 상승에 따른 집값이 전부였다. 비즈니스도 팔아서 보탤 것이었다.

— 시간들을 내어서 주말의 건설현장에 한 번 가보자구.

LA 근교의 주택단지에는 수백 채의 주택이 들어서 있었고, 건설 중인 주택단지도 있었다. 그 가운데 들어선 쇼핑몰의 건설은 순조롭게 진행되고 있는 것 같았다. 지금까지 그들이 보아온 어떤 쇼핑센터보다 더 거대했다. 그토록 큰 상가를 본 적은 일찍이 없었다. 형제들의 가슴은 한껏 부풀어 올랐다.

그들을 안내한 개발회사 직원은 내년 봄쯤에는 건물이 완성될 것이라고 말했다. 벌써 입주계약이 진행되고 있다고도 말했다. 50퍼센트가량 입주계약이 되었다고 덧붙였다.

다섯 형제들은 모처럼 LA의 해변가에 들러 게요리를 나무망치로 깨서 먹고 가벼운 마음으로 101번 후리웨이를 달려 산호세로 돌아왔다.

겨울 내내 많은 비가 내렸다. 몇 년 동안의 가뭄으로 집에서의 세차까지도 금지했던 절수령도 해제되었다. 가뭄 기간에 많은 잔디가 없어지고 그 자리에는 자갈로 덮었다. 주거환경과 공공건물 앞의 풍경은 삭막해져 있었다. 이제는 비가 너무 많이 와서 걱정이었다. 캐피톨라 경찰서가 침수되어 콘테이너 네 개로 임시경찰서가 생겼다. 오팔 로드의 해변가 벼랑도 일부가 바다로 무너져 내려 노란 금줄이 쳐져 있었다.

…… 비가 이렇게 오니 쇼핑몰의 완공도 늦어지겠어.

명 회장은 겨울이 어서 지나고 봄날이 오기를 기다렸다. 봄이 오고 비가 뜸해지자 명 회장은 LA로 이사할 준비를 했다. 짐을 정리하려니 그동안 사모았던 골동품들이 거추장스러웠다. 명 회장은 무쇠로 된 다리미 골동품들을 한 개씩 종이에 싸서 다섯 개씩 나누어 박스에 담았다. 십여 박스로 만들어 차에 싣고 송스 클리너스로 갔다.

— 회장님, 어쩐 일이세요? 오랫동안 못 뵈어서 내려가신 줄 알았어요.

— 그냥 떠날 리야 있나.

스팀의 열기가 다 빠져나간 저녁나절의 세탁소에는 투명비닐로 포장된 옷들이 옷걸이에 걸려서 콘베이어로 옮겨지고 있었다.

— 들이오세요. 사무실로 가서서 자나 한 잔 하세요.

송 사장의 아내가 손끝을 잘라낸 면장갑을 낀 채로 사무실을 가리켰다.

— 아닐세, 송 사장. 그간 내가 사모았던 골동품 다리미들을 주려고 왔네. 잘 닦아서 카운터 옆의 장식장에 진열하면 손님들의 볼거리가 될 테니… 어떻게 생각하나?

— 주신다면 저야 좋지요.

— 그럼 내 차로 가세. 무쇠로 만든 거라서 좀 무거워 내 힘에 부치네.

박스를 모두 옮기고 나자 송 사장 아내가 오렌지주스 잔을 들고 나왔다.

— 한 모금만 목을 축일게요, 미세스 송. 당뇨 때문에 한 컵은 무리야. 이백 년이 넘은 것들도 있네. 녹이 슬어가니 기름칠을 해야 할 거야. 때가 되면 되팔아도 되고.

— 애써 모으신 것을 왜 갑자기…

송 사장은 명 회장이 진작에 모든 세탁소와 부동산을 처분한 것은 알고 있었지만 그 자세한 내막은 모르고 있었다.

— 곧 이사를 가야 할 것 같아. 그래서 말인데 이번 주말에 친구들한테 연락해서 한 번 모이세. 다운타운에 있는 귀로에서… 저녁시간에… 부부동반으로. 마이와 쿠엔도 불러주게. 내가 그들에게 줄 선물이 있거든. 이 화백한테는 내가 직접 연락하지.

노부부는 아직도 혈기가 왕성해 보였다. 송 사장은 마이에게도 알리면서 쿠엔도 데리고 나오라고 말했다. 초여름의 해는 낮 시간이 길어져서 해가 중천에 걸려 있는 것 같았다.

그들은 토요일 저녁 그들 사업장의 문을 서둘러 닫고 식당 귀로의 별실로 하나둘 모여들었다. 명 회장과 이 화백을 제외한 부부들은 토요일에도 일을 했으므로 모두 후질근한 모습이었다.

명 회장 부부가 긴 테이블의 중앙에 자리 잡았고, 마이와 쿠엔은 끝자리 모서리에 앉아서 고개를 떨구고 있었다. 쿠엔은 등이 굽어서 상체가 짧은 탓인지 앉은 모습이 눈에 띄지 않았다. 현주는 오늘에 맞춰 타카라에 콜식(Call in sick)을 해두었으므로 이 화백과 함께 명 회장의 권고에 따라 맞은편에 자리 잡았다.

송 사장 부부와 델리의 김 영사 부부, 코인 라운드리의 노 국장도 함께 들어와서 명 회장에게 인사했다. 박 목사는 우울한 표정으로 그림자처럼 쿠엔의 옆자리로 갔다. 마지막으로 천 교수가 다리를 절며 들어와 명 회장 옆에 자리를 잡자 웨이츄레스가 들어와 주문을 받아갔다.

— 모두들 오셨군. 오늘은 내가 한턱 낼 터이니 마음껏 드시게나.

앉은 사람들은 명 회장이 한턱을 낸다는 말이 믿겨지지 않았다. 명 회장은 미국에 온 이래 누님 내외를 제외하고는 어느 누구에게도 밥을 사준 적이 없었다. 갓 이민 온 이들에게는「미국에서는 더치페이하는 것이 상례요」라고 말했고, 어쩌다 만난 고향 친구에게도 각자 페이하자고 제안했다.

심지어 초대를 받아 갔을 때에도 자기 부부 몫의 식대는 자신이 지불했다. 지독한 사람이라고 뒷말을 하는 사람도 있었다. 그의 습관은 어제오늘의 일이 아니었고, 주장이 강했으므로 상대방은 그 일로 더 이상 옥신각신 논쟁을 벌이지 않았다. 그러나 그가 돈을 더 모으기 위해 그렇게 하는 것이라고 생각하지는 않았다. 그가 회당 건립에 거금을 내놓은 적이 있기 때문이었다.

— 아니요, 형님. 송별회는 저희가 해드려야지요.

— 아닐세, 천 교수. 그동안 나를 스쿠르지 영감 같다고 손가락질 하는 것도 잘 알고 있었네. 그렇게 했던 이유는 간단하네. 한국인들의 적당주의 처신이 못마땅했던 게야. 그리고 비싼 요리를 시켜서 먹는 사람과 싼 것을 먹는 사람도 있으니 공평하지도 않은 것이고.

더 이상 말이 필요 없었다.

— 오늘은 나를 편하게 해주시게, 천 교수.

매운탕 요리가 들어와 나누어 먹었고, 각자가 시킨 요리는 천천히 먹었다. 소주를 곁들였다. 취기가 돌자 명 회장이 쿠엔을 불렀다.

— 쿠엔, 이리 와라.

명 회장은 뒤에 세워두었던 활을 들어 쿠엔에게 건넸다.

— 쿠엔, 이건 아메리칸 인디언의 활이야. 아직도 탄력은 좋아. 네가 활을 좋아한다니 너에게 주고 가겠어.

쿠엔은 시위가 없는 활을 한참 들여다보더니 모처럼 얼굴에 생기가 돌았다.

— 시위는 원래 소심줄로 만드는 것이지만, 참치잡이용 낚싯줄로 매면 될 거야. 리커에서 일한다며? 모든 걸 잘해 나갈 수 있을 거야. 너는 기운도 세고 셈도 잘하니까. 등이 굽은 것 정도는 아무것도 아냐. 누구나 한 가지씩은 장애가 있어. 눈에 보이질 않아서 그렇지. 누구에게던지 한 가지 걱정이 없는 사람은 없어. 마음에 숨겨두고 있어서 그렇지. 쿠엔, 그리고 이 계산기는 누이에게 주어 장사할 때 쓰라고… 쿠엔도 곁에 없으니…

마이는 눈물겨운 눈빛으로 명 회장을 바라보았고, 쿠엔은 명 회장의 어깨에 뺨을 대고 감사 표시를 했다. 의자에 앉아 있는 명 회장의 어깨 높이와 등이 굽은 쿠엔의 얼굴 높이가 같았다. 모두들 침묵 속에서 명 회장의 다음 말을 기다렸다.

— 김 사장, 델리는 잘 되고 있겠지?

명 회장은 김 영사 부부의 얼굴을 번갈아 보며 말했다.

— 시원치 않습니다. 건너편에 맥(Mac)이 들어서고부터는 매상이 형편없이 줄었어요. 리차드 부친이 살아있을 때는 동일업종을 안 들였었는데 리차드는 체인점을 마구 들이고 있어요. 2불이면 먹을 수 있는 햄버거를 누가 5불씩 내고 사먹겠어요? 저의 손맛에 익숙한 단골고객 외에는…

— 그래, 김 사장. 이제 스몰 비즈니스 시대는 저물어가고 있는 거야. 그래도 어쨌던 버틸 수 있는 방법을 찾아야겠지. 커피를 프리

(Free)로 준다던지…

그것은 자멸의 길이 될 것이었다. 사실 햄버거 하나 파는 것보다 커피 한 잔 파는 것의 이윤이 더 크기 때문이었다.

─ 종업원도 다 내보내고 저희 부부 둘이 뛰고 있습니다.

명 회장은 쇼핑백에서 칼집에 꽂힌 독일산 칼을 김 영사에게 건네며 말했다.

─ 그 유명한 쌍둥이표 칼일세. 식당에서 쓰라고.

크고 작은 칼들이 나무 칼집에 45도 각도로 가지런히 꽂혀 있었다. 칼집은 오크우드(OAK Wood)로 만들어진 것이었는데 물 닿은 흔적이 없었다. 김 영사 아내가 칼집을 받아 빈자리 의자에 올려놓았다.

─ 노 사장, 그래도 코인 라운드리는 나은 편이겠지?

─ 네, 그럭저럭. 그런데 워셔(Washer)와 드라이어(Dryer)가 오래돼서 그런지 수리비가 많이 나가는 게 문젭니다.

─ 노 사장, 고장이 날 때마다 메케닉(Machenic)을 불러서 수리하면 남는 게 뭐 있겠나? 시간당 70불은 주어야 할 텐데. 그들은 오고 가는 시간까지 다 계산을 하니까. 고생스럽더라도 직접 수리해야 하네. 마침 내게 공구가 많으니 내일 집으로 가질러 오게. 무거워서 오늘 가져오지 못했거든.

명 회장은 음식을 먹으면서 한참동안 말이 없다가 갑자기 옆자리에 앉아 있는 천 교수의 어깨에 손을 얹더니 그의 얼굴을 들여다보았다.

— 천 사장, 참 고생이 많네. 그런데 범인은 잡혔나?
— 웬걸요. 깜깜 무소식입니다. 흑인이거나 유색인종이라면 눈을 까뒤집고 벌써 검거했겠죠. 키가 큰 백인놈을 안 잡는 건지, 못 잡는 건지 모르겠어요.

천 교수의 음성이 점점 높아졌다.

— 천 사장, 진정하게. 백인 숫자가 제일 많으니까 검거하기가 쉽지는 않을지도 몰라. 어쨌던 시간이 좀 지나서 잠잠해지면 놈은 한 번 더 나타날 거야. 강도는 한 번 털어간 집을 다시 한번 털려고 할 테니깐.

명 회장은 아내를 보며 「그 물건을 차에 실었냐」고 물었다. 그리고 자리에서 일어나 식당 밖으로 나갔다. 잠시 후 비단 보자기에 싼 작은 상자 하나를 들고 와서 천 교수의 앞에 놓았다. 모두들 「그 물건」이 무엇인지 긴장하고 있었다. 천 교수가 보자기의 매듭을 풀자 빨간색 벨벳이 입혀진 상자가 나타났다.

— 천 사장, 열어보진 말게. 나중에 집에 가서 혼자만 열어보시게. 필요할 때가 있을 거야. 체크 케이싱(Check Casing) 장사는 늘 위험해. 현금이 오가니까. 놈들은 그걸 노리는 거야.

테이블 끝에 앉아 있는 쿠엔은 벨벳상자 속에 권총이 들어 있다는 것을 금방 알아차렸다. 어린 시절 아버지가 숲으로 되돌아갈 때에 작은 박스를 열고 권총을 꺼내어 어머니에게 주었던 모습이 떠올랐다.

…… 권총은 없어도 되는데… 이번에 또 나타난다면 이 인디언의 활로 놈의 등판에 새겨진 제트(Z)자의 중심을 맞출 수 있는데…
쿠엔의 눈은 빛났으나 말을 하지는 않았다.

…… 쿠엔, 총은 활보다 빨라.

명 회장도 쿠엔의 빛나는 눈을 바라볼 뿐 말하지 않았다.

— 체크 케이싱 장사는 그만두어야겠어요. 현금도 딸리고 해서.

— 천 사장, 포기하지 말게. 그만큼 남는 장사도 없어. 즉석에서 1할을 공제하는 것 아닌가? 알짜배기를 털어내면 리커스토어가 유지되겠어? 맥주나 담배를 팔아가지고선 감당할 수 없을 거야. CCTV를 안팎으로 더 설치해봐. 그리고 체크 케이싱하는 시간을 정하고, 정해진 시간대에는 천 사장이 쿠엔과 같이 가게에 있는 거야. 한 사람은 카운터 앞에, 그리고 쿠엔은 손님 뒤의 진열대 사이를 서성대는 거지. 어떻게든 이겨내야 한다구. 하나하나 포기하기 시작하면 결국은 다 잃게 되는 것이 인생이네.

박 목사는 쿠엔 옆에 앉아서 엽차만 마시고 있었다. 그의 갈증은 재회할 수 없는 아들을 그리워하는 아비의 목마름인 것 같았다.

— 박 목사, 왜 그리 다 죽어가는 사람 같나? 박 목사가 기운을 내야지 부인도 일어설 것 아닌가. 언젠가는 아들이 돌아올 거야. 전장의 트라우마가 지워지려면 시간이 더 필요할 것이야. 내게 생각이 있네. 내일 집으로 와주겠어? 내 캠핑카를 가져가게. 20만 마

일로 낡긴 했지만 아직은 쓸만하네. 침대도 있고 조리를 할 수 있는 작은 부엌도 있어. 부인을 일으켜 태우고 아들을 찾아 나서게나. 캘리포니아를 누비고 다니는 거야. 그러노라면 부인도 희망을 갖고 기운이 차려질지도 모르고. 숲에서 캠핑도 하게. 베트남 전쟁이 끝나고 나서 많은 병사들이 귀국하여 숲으로 들어갔네. 적군을 죽이고 적군에게 죽임을 당한 전우를 본 젊은이들이 세상을 등지고 깊은 숲속에 들어가 자연인이 되었네. 씨에라(Sierra) 산맥의 숲속에는 이번 아프칸 전선에서 돌아온 젊은이들이 집단을 이루고 생활하고 있다는 기사를 신문에서 본 적이 있거든.

박 목사는 우선 아내를 일으켜 세워야겠다고 다짐했다.

······ 그렇지 숲속, 숲속이야! 캘리포니아의 모든 숲을 뒤져보자. 하느님이 아들을 버리지는 않으셨을 거야.

— 리노(RENO)로 가는 쪽 알지? 세 시간을 달려도 숲만 나오지. 오른쪽엔 주로 스키장이 있으니 그쪽은 아닐 거구 왼쪽을 뒤져봐. 오레곤(Oregon)주의 광활한 숲도 뒤져보고. 이대로 앉아서 마냥 기다릴 수만은 없지 않겠나?

식사를 마치고 술이 몇 순배 돌아가 취기가 돌자 각자 옆 사람과 잡담을 하고 있었다. 갑자기 천 교수가 언성을 높였으므로 이목이 집중되었다.

— 형님, 정말로 캐피톨라 해변을 떠나신다고요?

그의 말투에는 반대 또는 반발의 억양이 섞여 있었디.

— 형님도 랜 로드가 되고 싶으신 거군요. 해변의 전설은 알고 계시겠죠?

취중에 덕담을 하려는 건지, 섭섭함을 토로하려는 것인지 오락가락했다.

— 언제적 이야기를 아직도 하고 있나? 벌써 반세기도 더 된 날의 이야기야. 오래된 전설은 구전으로 이어지면서 증폭되기 마련이지. 지금은 하루가 다르게 세상이 변하고 있네. 변화의 물결에 올라타지 않으면 우리의 고생은 한도 끝도 없어. 채 사장을 보게. 해변의 방 스무 개짜리를 팔고 샌디아고로 가서 팔십 개짜리 모텔을 잘 경영하고 있네. 그가 제일 발 빠르게 움직였어.

— 하여튼 형님, 잘 되시기를 정말로 바랍니다. 그게 사실 제 마음의 전부예요.

— 고마워, 천 사장.

— 헤어지기 전에 이 화백에게 한 가지 하고 싶은 말이 있어요.

명 회장은 가까이 지내던 이웃들에게는 말을 놓았으나 이 화백한테는 아직도 낯선 존칭어를 사용하고 있었다.

— 이 화백, 내려가서 자리 잡히는 대로 연락할 것이오. 개인전을 한 번 열어드리리다. 바다의 그림 그리고 거북선 그림도 좀 그려두시고…

그들이 귀로에서 나와 헤어질 때 쿠엔이 이 화백에게 다가와 소근대듯 말했다.

— 화가 선생님, 과녁 하나 그려주시겠어요?

— 과녁? 어떻게 들고 다니려고…

— 그냥 하얀 천에다 동그라미만 하나 그려주시면 돼요. 빨간색 동그라미요. 천을 구해다 드릴게요.

— 그럴 필요 없네, 쿠엔. 내 캔버스에다 그려주지. 나무 프레임만 떼어내면 될 거야.

며칠 후 명 회장이 LA로 떠나가는 날이 되었다. 명 회장의 집 앞뜰에 모여 작별인사를 했다. 박 목사도 아내와 함께 와서 캠핑카를 인수해갔다. 박 목사는 그 길로 기약 없는 여행길을 떠났다. 오레곤주의 숲과 시에라 산맥의 산속을 뒤져볼 것이었다. 그는 매일 밤 숲의 캠핑카에서 귀를 기울였다.

명 회장은 이제 거대한 쇼핑몰의 랜 로드가 되어 캘리포니아의 남쪽을 향해 차를 몰았다. 모든 것을 다 나누어주기를 잘했다고 생각하면서 페달을 밟았다. 그의 아내는 조수석에서 졸고 있었다. 거대한 쇼핑몰의 전체가 그들 가족의 소유는 아니었으나 20프로에 해당하는 면적은 그들이 주인이었다.

LA에 도착하자 먼저 와 있던 동기간들이 그들 부부를 반갑게 맞아주었다. 혈색이 좋은 얼굴들이었다. 그들에게 할당된 상가는 독립 건물이었다. 중국 본토의 고관에게 주어졌던 자리여서 위치도 일급이었다. 60어 개의 점포 중에 절반이 계약되어 업종에 맞게 인테리어 공사가 진행되고 있었다.

그러나 먹구름은 서서히 그들의 머리 위에서 폭풍우를 쏟아 내릴 준비를 하고 있었다. 가을에 접어들었는데도 나머지 절반의 점포는 비어 있는 채로 있었다. 명 회장은 하루하루 피가 마르는 것 같았다. 절반의 점포에서 나오는 임대료로는 융자에 대한 페이먼트가 커버되었으나 그들의 생활비로 사용될 절반의 점포는 공실로 남아 있었다.

소문이 흉흉했다. 9월에 들자 서브프라임 모기지 사태가 터지고 나자 부동산은 폭락했다. 그간 주택을 두세 채씩 사들였던 개인들도 파산 위기에 몰리고 있었다. 개인들은 살고 있던 집마저 은행에 빼앗겼다. 변화하는 흐름에 둔감했던 사람들만이 소유했던 한 채의 집을 유지하게 되었다. 불황이 극심해지자 기존에 입주해 있던 상인들도 점차 폐업의 신호를 보내왔다.

명 회장과 동기간들은 당황했다. 은행으로부터 페이먼트에 대한 독촉장이 날아들었다. 개발업체도 속수무책이었다. 개발회사 사무실이 폐쇄되어 불안감이 가중되었다. 명 회장은 깊이 상심했다. 돌이킬 수 없는 현실이었다. 은행과 협상해서 3년간은 이자만 갚아내기로 합의했다.

그러나 안도의 한숨도 몇 개월을 가지 못했다. 해가 바뀌고 입주자들은 폐업과 파산을 하고 열쇠를 인계했다. 그나마 열두 개의 점포만이 문을 열어놓고 있었는데 대부분이 대형기업의 프렌차이즈들이었다. 보유했던 자금으로 1년여를 버텨왔던 명 회장과 형제들은 지쳐가고 있었다.

리먼브러더스의 파산이 결정적이었다. 자영업자들의 폐업이 줄을 이었고, 임대수입이 끊어진 랜 로드들이 파산을 하여 유동성이 떨어지자 은행은 부동산을 끌어안은 채 파산한 것이었다.

모든 부동산 소유자들은 절망적인 상태가 되었다. 극심한 번뇌 속에서 온갖 병마는 명 회장의 몸속에서 들고 일어났다. 간에는 암이 들어앉았고, 당뇨의 합병증으로 시력이 약화되고 있었다. 명 회장은 형제들을 불러 모았다.

— 왜 우리에게 이런 세월이 닥쳐왔는지. 매형, 누님에게 면목도 없구요. 이제 더 이상 버틸 수가 없게 되었어요.

— 동생, 걱정하지 말아. 누구 탓도 아니야. 정부가 만든 시나리오에 걸려든 것 같아. 은행들은 망하지 않아.

— 처남, 건강이나 잘 챙기라구. 살아있으면 살아가게 되어 있어.

— 동생들이야 아직 젊으니까 그렇다 치고 누님과 매형이 걱정이에요.

영세상인들은 현실에 급급해서 세금을 줄여 신고했으므로 그에 따라 소셜시큐리티 연금액도 적었다.

— 적은 연금이라도 우리는 살아갈 수 있어.

어머니 같은 누이였다.

— 저는 배로 돌아가겠어요. 남은 것은 배 한 척과 자동차 한 대뿐이니.

형제들은 새로운 길을 향해 뿔뿔이 흩어졌다.

갯바위

이 화백은 화구를 챙겨 들고 피어로 가기 위해 철길을 건너려고 할 때 쿠엔이 철로에 웅크리고 앉아 있는 모습을 보았다. 쿠엔은 명 회장에게서 작별선물로 받은 활의 거칠어진 표면을 샌딩페이퍼(Sanding Paper)로 갈아내고 있었다. 물푸레나무로 만든 아메리칸 인디언의 활은 백 년이 넘었어도 내면의 탄력은 살아있었으나, 푸른색은 하얗게 바래서 노인의 머릿결처럼 변해 있었다.

쿠엔은 작업에 열중하느라 그가 철길을 건너는 것도 알아채지 못하고 있었다. 이 화백은 쿠엔을 우회해서 끝머리에 있는 나무벤치를 지나 언덕을 내려간 다음 청동색의 캐피톨라 그릴을 끼고 돌아 피어로 들어섰다. 이 화백은 쿠엔의 활에 대한 집착을 이해할 수 없었다. 자신의 거북선에 대한 집착을 남들이 이해할 수 없는 것처럼.

언제부티인가 피어의 끝에서 300여 피트 떨어진 곳에 있는 30피트짜리 다목적 하얀 배는 그대로 정박해 있었다. 명 회장 부부가 살고 있는 배였다.

혁명호는 한결같이 그 자리에 떠 있었다. 피어의 초입에서 벼랑 쪽을 바라보니 절벽 아래 갯바위에서 박 목사가 낚시질을 하고 있었다. 피어 양쪽에서도 몇몇 동양인들이 낚싯바늘에 미끼를 꿰고 있었는데 그중에는 노 국장도 있었다. 바다로부터 옅은 안개가 몰려와서 피어와 배를 감싸고 있었다.

— 마침 잘 왔군요. 이 화백, 저기 식당 뒤로 가봐요. 모두 거기 계시니까요.

— 무엇 좀 잡히나요?

식당 쪽을 바라보면서 영수가 물었다.

— 새끼 정어리뿐이오. 어서 그리로 가봐요. 몇 마리 잡아서 곧 갈 테니.

안개가 점점 짙어져서 갯바위의 박 목사가 보였다가 안 보였다를 반복했다. 식당의 뒤쪽으로 가보니 여럿이 둘러앉아 버너에 물을 끓이고 있었다.

델리의 김 영사가 라면봉지를 뜯고 있는 동안 노 국장이 새끼정어리 십여 마리를 플라스틱 통에 담아가지고 왔다. 버너의 불꽃은 바닷바람에 흔들려서 물은 쉽게 끓지 않고 있었다.

— 박 목사 건너오라고 해. 갯바위에서 낚시하는 건 위험해. 갯바위 근처에 수중 암석이 많아서 너울성 파도가 덮쳐올 수가 있거

든. 회장님 내외분도 올라오시라고 해.

김 영사가 라면 몇 개를 냄비에 넣고 배를 따지 않은 새끼정어리를 그대로 쏟아부었다.

— 이것이 별미야.

그들이 박 목사와 이 회장이 오기를 기다리는 동안 짙은 안개는 태양에게 서서히 밀려나고 있었다. 명 회장은 작은 보트를 저어 와서 피어에 달려 있는 사다리를 타고 올라왔다. 그들이 둘러앉아 자리를 잡았을 때 옅어지는 안개 속에서 얼굴이 창백한 청년 하나가 팔을 축 늘어뜨리고 걸어오는 것이 보였다.

그는 걸을 때에도 팔을 움직이지 않고 있었다. 그는 식당 앞에 멈춰서더니 난간에 기대어 바다를 내려다보았다. 머리에는 샌프란시스코 49ers 풋볼팀 응원단의 뿔 달린 털모자가 씌여져 있었다. 마치 떠돌던 유령이 멈춰 선 것 같았다. 세상의 온갖 시름을 혼자서 짊어지고 있는 사람 같았다.

— 저 젊은 친구가 위험해 보이네. 곧 바다에 투신할 것 같은 느낌이야.

명 회장은 혁명의 와중에서 산전수전 다 겪은 노인의 혜안으로 청년을 바라보았다. 모두 청년을 주시하며 명 회장의 다음 말을 기다렸다.

— 말려야 해. 내가 데려오겠네.

명 회장이 불편한 몸을 일으켜 청년 곁으로 가서 어깨에 손을 잊었는데도 그는 미동을 하지 않고 서 있었다. 김 영사가 다가와서 거들었다.

— 회장님, 몸도 불편하신데 가서 앉아 계세요. 제가 말해볼게요.

명 회장은 잘해보라는 수신호를 한 다음 제자리로 돌아갔다.

— 여보게, 정신 차리게. 세상의 온갖 짐을 혼자서 다 짊어진 사람 같네.

김 영사가 유창한 영어로 말했다. 그때서야 청년은 뒤를 돌아보았다. 백인 같기도 하고 동양인 같기도 했다. 뿔이 달린 털모자 밖으로 삐져나온 검은 머리색으로 보아 순전한 백인은 아닌 것 같았다. 김 영사는 그의 눈을 들여다보면서 빙그레 웃었다. 눈의 검은 동자가 깊었고 눈썹이 짙었다.

— 여보게, 함께 식사라도 하세.

영어로 말하자 청년은 불편한 심기를 드러내듯 거칠게 말했다.

— 저도 한국말 할 줄 알아요.

— 잘 됐네 그럼. 내가 만든 별미의 라면을 같이 먹세나.

청년은 한참동안 말없이 김 영사를 바라보더니 눈물을 흘렸다. 마이가 와서 청년의 손을 잡았다. 청년은 순순히 마이에게 이끌려 김 영사가 앉았던 자리에 앉아 냄비 속의 라면을 들여다보았다.

— 엄마가 끓여준 것과 같아…

그는 혼잣말로 중얼거렸다. 청년은 면발은 먹지 않고 국물만 마셨다. 화색이 도는 것 같았다. 그들이 헤어질 때까지 아무도 청년의 내력을 묻지 못하고 있었다.

…… 스스로 말할 때까지 기다려야 해.

청년은 끝내 이름조차 말하지 않았다.

— 여보게, 저녁에 다시 만나세. 오늘이 내 생일이라네. 저기 내 배에서 다시 보자구.

이 화백은 마이와 쿠엔 그리고 청년과 일행이 되어 캐피톨라 로드를 지난 다음 오팔 로드의 언덕길로 들어섰다. 현관문을 열자 현주가 어리둥절한 표정으로 그들을 둘러보았다.

— 아니 조나단, 어찌된 일이야?

— 조나단은 우리 대학 동양화 교실의 수강생이에요.

분위기가 환하게 바뀌었다. 현주가 율무차를 만들자, 마이가 쟁반에 담아 식탁으로 옮겨왔다.

— 쿠엔, 그 활은 언제까지 메고 다닐 거야?

현주가 묻자 쿠엔은 활을 벗어 벽에 세워놓았다.

— 이제 다 됐어요. 활에 기름칠도 했고 낚싯줄로 시위도 매었어요. 고자가 닳아서 조금 더 팠어요. 화살도 다 다듬었고요. 레드우드 숲에서 주운 꿩의 깃털로 활깃을 만들었죠. 이제 활 끝에 납작한 대못을 꽂고 시위에 걸리도록 오늬만 파면 완성이에요. 끝나면 리커의 창고에 보관하겠어요.

— 무슨 말인지 모르겠구나, 쿠엔. 어쨌던 그 인디언의 활은 참 멋지다.

현주는 쿠엔의 굽은 등을 토닥거려 주면서 청년을 바라보았다.

― 엄마가 끓여주던 차와 똑같네.

그는 또다시 중얼거렸다. 그리고는 묻지도 않았는데 자신을 소개했다.

― 제 이름은 조나단이에요. 한국 이름은 요한이구요.

이 화백은 조나단에게 더 묻지 않았다. 더 기다리기로 했다. 그러나 한마디 했다.

― 아까부터 엄마 얘기를 하네?

사연을 재촉하는 물음처럼 들렸다. 조나단은 율무 찻잔을 기울여 끝까지 마셨다. 이어 한숨을 푹 내쉰 다음 울먹였다.

― 돌아가셨어요, 엄마가…

이 화백은 더 묻지 않았다. 무언가 사연이 있을 것이었지만 인내심을 갖고 기다렸다. 서로 간의 침묵이 깊어지자 현주가 먼저 입을 뗐다.

― 마이, 장사는 좀 어때요? 그냥 공터에서 장사하고 있다면서요?

― 네, 그가 허락했어요. 천 사장님 리커 앞에 경찰이 금줄을 쳐놓았기 때문에 별수 없이 사정을 했죠.

― 참 신기한 일이네. 리차드가 허락을 해주었다니?

쿠엔이 힐끗 마이의 표정을 살폈다.

― 자세한 말씀을 언제 드릴 날이 있을지…

마이는 말끝을 흐렸다. 마이의 얼굴에 그늘이 내려앉았다. 그리고 마이가 얼굴을 붉히는 모습을 현주는 놓치지 않았다. 그때 조나단이 일어서려고 하자 마이가 말렸다.

— 저녁때까지 기다렸다가 명 회장님의 배로 가기로 해요. 아까 명 회장님이 초대했는데…

…… 잃어버린 내 막냇동생 같아…

— 참, 현주. 저녁에 함께 갑시다. 오늘이 명 회장님의 생일날이어서 파티를 해드리기로 했어.

— 조나단, 함께 가기로 하자.

마이와 현주의 만류로 가지도 못하고 엉거주춤 창가에 서서 바다를 내려다보면 조나단이 다시 의자에 앉으면서 말했다.

— 어머니는 속아서 결혼을 했었대요.

…… 이제 털어놓으려나.

마이와 현주는 다소 긴장하면서 침묵을 지켰다.

— 차 한 잔 더 주시겠어요?

마이가 차를 따라주자 조나단은 단숨에 마셨다. 또다시 입을 굳게 다물었다. 쿠엔은 지금의 어색한 분위기를 깨려는 듯 생일 얘기를 꺼냈다.

— 저는 오늘 생일 케이크를 사가겠어요.

— 쿠엔, 잘 생각했어. 그럼 나는 피자를 사야겠네.

쿠엔과 마이가 나간 다음에도 조나단은 멍하니 천장만 바라보고 있었다.

― 조나단, 나 좀 도와주겠어? 우리도 빈손으로 갈 수 없으니 타카라(Takara)에 가서 사시미와 스시를 좀 사와야겠어.

조나단은 현주를 따라 밖으로 나갔다.

― 우리 천천히 걸어갈까? 조나단, 10여 분만 가면 되니까.

41번가가 나올 때까지 말없이 걸었다.

― 무슨 일이야 조나단? 싫으면 다 말하지 않아도 돼.

― 교수님…

조나단은 뜸을 들였다.

― 엄마가 돌아가셨는데 그게 아마도 스스로 목숨을 끊으셨던 것 같아요.

― 왜 그렇게 생각해?

― 엄마는 서울 용산에 있는 미군부대 PX에서 일을 했었다고 말하셨어요. 거기서 군 법무관인 아버지를 만났다고 했죠. 아버지와 어머니는 사랑하게 됐고 다음해에 결혼을 했대요. 유태인인 아버지는 사실 본국에 와이프가 있었는데 어머니는 그걸 몰랐던 거예요. 아버지가 어머니를 속인 거죠. 아버지가 귀대할 때가 되어 먼저 본국으로 돌아가고 나서 3년 후에야 엄마와 어린 저는 미국으로 오게 되었어요. 그런데 공교롭게도 우리가 뉴욕에 도착한 날 아버지의 전처는 교통사고로 죽게 되었죠. 아버지가 어머니와 저를 할아버지 집에 데리고 갔을 때가 생각나요. 할아버지, 할머니는 저희 모자에게 눈길도 한 번 주지 않았어요. 그림자 취급을 했

죠. 그들은 이교도를 받아들일 수가 없었나 봐요. 엄마는 가톨릭 교도였거든요. 윤계순 테레사, 엄마 이름이죠. 그날 저를 사람 취급해준 건 이복형뿐이었어요. 모세형. 그날 이후 어머니가 아버지 계신 곳을 가는 일은 없었어요. 우리 모자는 뉴욕 근교에 살았는데 아버지는 가끔 모세형을 데리고 집에 왔어요. 모세형은 저를 친동생 대하듯이 했어요. 제가 고등학교를 졸업한 후 아버지는 발길을 끊었어요. 가끔 모세형이 와서 저를 데리고 박물관 구경도 시켜주고, 자신이 다니는 주립대학도 구경시켜 주었어요. 어머니도 모세형을 친자식처럼 대해주었어요. 어느 날 모세형이 말했어요. 자기는 이제 집에 안 들어간다고요. 뉴욕에서 잘 나가는 변호사였던 아버지가 새엄마를 들였다고 했어요. 물론 유태인 여자라고 말했어요. 그때 모세형과 함께 지냈었는데 그때가 제일 좋았죠. 모세형은 아버지의 강권에 따라 변호사가 되었어요. 그리고 곧바로 캘리포니아 변호사 자격을 얻기 위해 뉴욕을 떠났죠. 제가 이곳으로 온 것도 모세형 조언 때문이죠. 모세형은 지금 IT회사에서 일하고 있어요. 모세형이 늘 말했어요.

— 조나단, 우리 함께 뉴욕을 떠나자. 여기에는 좋은 추억이 없어. 이제 새로 시작하는 거야.

— 제가 열여덟 살이 되고 나서 아버지는 생활비조차 보내주지 않았어요. 어머니는 마켓에서 캐시어로 일했는데 집에 돌아오면 팔과 어깨를 너무나 아파해서 제가 주물러드리곤 했죠.

쿠엔과 마이가 돌아온 후 한참이 지나서야 현주와 조나단이 사시미 접시를 들고 들어왔다. 현주는 가슴 깊은 곳에서 흐르는 눈물을 드러내지 않았다. 마이가 또다시 조나단의 찻잔에 차를 따랐다. 이 화백은 창가에 기대어 바다를 바라보고 있었고, 현주는 식탁에 팔을 괸 채 눈을 감고 있었다. 쿠엔은 활을 만지작거리며 마이의 눈을 바라보고 슬픈 표정을 지었다.

— 제가 잘못했나 봐요. 뉴욕을, 어머니 곁을 떠나오는 게 아니었는데… 너무 외로우셨을 거예요. 모세형도 그걸 후회하고 있어요. 지난주에 모세형과 장례를 치르고 왔죠. 신부님도 오시고 많은 신자들이 도움을 주었어요. 쓸쓸하지 않았어요. 어머니는 잠든 것 같았어요. 아마도 스스로 모든 걸 포기하셨을 것 같아요. 아버지는 장례식에 오지 않았죠. 모세형 말이 자기는 다시는 아버지를 보지 않겠다고 했어요. 할아버지, 할머니도요.

창밖을 응시하던 이 화백이 돌아서며 말했다.

— 조나단, 어머니는 스스로 목숨을 버리지는 않았을걸세. 급성 심장마비라는 것도 있으니까.

— 조나단, 엄마라는 이름은 이 세상에서 가장 아름다운 이름이야. 자식을 두고 스스로 세상을 떠나는 엄마는 없어. 모든 엄마들은 다 같아.

현주는 이 말이 그를 위로할 수 없다는 것을 알고 있었으나 달리 위로할 말을 찾지 못했다. 초겨울 해가 점차 짧아져서 저녁노을이 서쪽 바다 위의 하늘을 붉게 물들이고 있었다. 북쪽에서 몰려온 바람이 혁명호의 돛대를 흔들고 있었다.

— 살고 싶지 않아요. 살아갈 길이 보이지 않아요. 모세형이 뒷바라지를 해주겠다지만 모세형에게 신세 지고 싶지는 않아요.

— 조나단, 도움을 주고자 하는 사람에게 도움을 받는 것도 그 사람을 위로하는 일이야. 조나단, 낙담하지는 말아. 어떻게든 잘 될 거야.

이 화백은 막연한 말을 막연히 할 수밖에 없었다. 말하고도 그것이 아무런 가치가 없다는 것이 민망했다. 시간의 흐름 속에서 서서히 멀어져가는 기억만이 그를 평안케 할 것이었다.

— 자, 어르신들을 만나러 배로 가세. 좋은 말씀을 들을 수도 있을 거야.

쿠엔은 인디언의 활을 어깨에 걸치고 한 손에는 활통을 들고 있었다. 조나단은 쿠엔이 준비한 생일 케이크 박스를 두 손에 잡고 오팔 로드길을 따라 내려갔다. 피어 끝에서 혁명호를 바라보니 박 목사 부부와 델리의 김 영사 부부, 그리고 노 국장 부부는 이미 승선해 있었다. 세탁소의 송 사장 부부가 선실에서 나와 그들에게 손을 흔들었다. 명 회장이 피어의 통나무 기둥에 매어 있는 배에서 내려오라고 손짓했다.

그들은 통나무 기둥에 붙어 있는 수직 사다리를 타고 내려갔다. 마지막으로 천 교수가 페이퍼 백(Paper Bag)을 움켜쥐고 한발 한

발 내려왔다. 한 칸을 내려설 때마다 술병들이 부딪치는 소리가 났다. 아홉 명이 정원인 배에 열다섯 명이 승선하자 배의 현이 물에 가까워지고, 혁명호의 글자 하부가 물에 잠겼다. 명 회장은 시동을 걸고 천천히 배를 움직여 300피트 떨어진 원래의 자리로 이동시켰다.

그들은 균형을 잡고 갑판에 둘러앉아서 각자의 포장을 풀었다. 사시미와 스시, 치즈스테이크와 터키샐러드, 해물파스타와 디저트용 애플파이, 피자와 생일 케이크, 와인과 양주가 각자 준비해온 음식이었다. 명 회장 부인이 테이블보를 갑판에 펼치고 종이접시를 놓았다.

— 명 회장님, 이 케이크는 쿠엔이 사온 거예요.

마이가 쿠엔을 보며 말했다.

— 네, 제가 리커스토어에서 번 돈으로 샀어요.

명 회장이 큰소리로 웃었다. 최근 들어 명 회장이 이토록 유쾌하게 웃는 것을 그의 부인은 처음 보았다.

— 고맙구나 쿠엔. 이리 와. 그 구석에 앉지 말고 내 옆으로 와.

명 회장은 쿠엔과 조나단을 좌우에 앉히고 그들의 손을 잡았다. 명 회장의 뒤에는 황금빛 털을 가진 진돗개 한 마리가 귀를 세우고 있었다.

— 젊음은 큰 재산이야. 아무것도 겁낼 것 없어. 조나단, 쿠엔은 전쟁 중에 부모를 다 잃었어. 그래도 열심히 살아가고 있으니 보기

에 좋으네. 그런데 쿠엔, 활을 잘 손질해 놓았구나. 그 인디언의 활은 아직 쓸만한가?

— 그럼요. 사포질을 하고 기름칠도 했어요. 지난주에 레드우드숲에 가서 연습도 해봤어요. 화가 선생님이 만들어준 과녁을 백 년도 넘은 레드우드에 걸어놓고 쏘았죠. 10발을 다 명중시켰어요. 팔십 보 떨어진 곳에서…

— 대단한 활솜씨네.

— 쿠엔은 어릴 때부터 어머니가 숲에서 주워다 준 활로 놀이를 많이 했어요.

마이는 쿠엔이 미군을 향해 활을 쏘았다는 말은 하지 않았다. 쿠엔이 유쾌하게 떠드는 통에 모두가 즐거운 마음으로 술잔을 들었다. 천 교수가 부인들에게는 레드와인을 그리고 남자들에게는 블랙 조니워커를 따랐다. 쿠엔과 조나단은 어색해하며 사양했으나 명 회장이 권유하자 종이컵을 든 손을 내밀었다.

— 건강하세요.

— 오래 사세요.

명 회장 부인은 미리 준비한 미역국이 식었는지 선실의 작은 탁자에 고정시킨 프로판 가스 그릴에 커다란 냄비를 올려놓고 있었다. 테이블용 가스 그릴 아래에는 회색의 가스통이 탁자 다리에 매달려 있었다.

— 모두들 고맙네. 나는 모든 재물을 잃었지만 자네들을 얻은 것

만으로도 행복을 느끼네. 산다는 게 다 그렇지. 누구나 끝은 다 똑같아. 쿠엔, 한 가지 제안이 있네. 활솜씨를 한 번 보여줄 수 있겠어? 해가 떨어지기 전에…

쿠엔은 심각한 얼굴로 활과 화살통을 들고 뱃머리로 갔다.

— 쿠엔, 저기 보이지? 피어의 교각 가운데 기둥! 해질녘이라 잘 안 보이나.

— 괜찮아요. 거리만 잘 계산하면 달빛 아래서도 맞출 수 있어요.

— 300피트. 대강 100미터쯤 될 거야.

— 사다리가 붙어 있는 교각, 저 사다리의 여덟 번째 칸 뒤의 나무 기둥.

— 네, 쏘아보겠어요.

쿠엔은 시위에 화살을 걸고 힘껏 당겼다. 이 화백은 그리스의 조각상 「활 쏘는 헤라클레스」를 떠올렸다. 쿠엔이 쏜 화살은 사다리의 여덟 번째 칸의 공간을 지나 나무 기둥에 정확히 박혔다. 박수를 치고 환호했다.

…… 흔들리는 배에서 그게 가능한가?

이 화백은 흔들리는 배에서 흔들리는 표적을 향해 불화살을 날리던 이순신의 궁수를 생각했다. 명 회장이 불렀다.

— 이리 오게, 쿠엔. 내가 술 한 잔 따라주겠네. 대단한 솜씨야. 그런 집중력이라면 못해낼 것이 없을 거야.

이 화백은 이 흔치 않은 장면을 그림에 담고 싶어졌다. 쿠엔이 시위를 당길 때의 모습을 머릿속에 새겨넣으려고 애썼다.

…… 저 정도 실력이면 활이 총을 이길 수 있을지도 몰라. 조선 수군도 저랬을까?

활로 총을 이긴 전쟁을 그리고 싶었다. 이순신의 수군은 흔들리는 배에서 흔들리는 표적을 맞추며 남해안의 거친 파도 위에서 이겼다. 모든 전투에서 이겼다. 해가 지면서 서늘해진 공기 때문인지 이 화백의 몸에 소름이 돋았다.

…… 맞아, 활이 총을 이길 수도 있어. 불화살로는 적선을 태울 수도 있는 거지. 조총에 탄환을 장전하는 것이 빠를까? 시위에 새 화살을 거는 것이 빠를까?

천 교수는 상념에 잡혀 있는 이 화백에게 술을 따라주면서 녕 회장에게 질문했다.

— 형님, 샌디아고로 내려간 채 사장은 어떻게 되었어요?

— 말도 마시게. 서브프라임 사태 이후 닥쳐온 불황에 버틸 사람이 있겠는가?

사람들이 현금을 구경하기 어려우니 여행도 못하고, 외식도 못하지. 오래된 랜 로드들은 그럭저럭 버티고 있지만 새로 진입한 사람들은 거의 다 파산을 했어. 채 사장도 예외는 아니었어. 여행객이 없으니 모텔에 투숙하는 사람도 없어. 채 사장도 결국 파산했지. 그래도 그들 부부는 다시 일어설 수 있을 거야. 독일에 가서 광부로 모은 돈과 간호원으로 번 돈은 진부 닐라갔네. 그 돈이 어떤 돈인가? 그들은 미국에 와서 길거리에서 매연을 마시며 까치담배를 팔던 때의 근성을 살려 다시 시작했네. LA 자바시장 근처로 가서 옷을 파는 노점상을 차렸어. 그들은 반드시 다시 일어설 거야.
부인들은 한기를 느끼고 선실로 들어갔고, 남자들만 남아서 남은 술을 마셨다. 조나단은 주는 술을 다 받아 마시더니 선실을 돌아 뱃머리로 가서 구토를 하고 돌아왔다.
— 조나단, 그만 마시게나. 얼굴이 창백하네.
조나단은 생수병을 들어 한 병을 다 마셨다. 명 회장이 조나단의 손을 잡고 다정하게 말했다.
— 조나단, 자네 이야기는 대강 들었네. 절망 속으로 빠져들지는 말아. 모두가 힘든 세상이야. 나를 좀 보게. 나는 나뿐만이 아니고 동기간의 삶을 다 망쳐놓았네. 큰 죄를 지은 셈이지. 천 교수 부인은 강도에게 당했지. 박 목사는 또 어떤가? 아프칸에서 돌아온 아들은 행방불명 상태로 캘리포니아와 오레곤의 모든 숲을 뒤져도 찾지 못하고 있어. 저기 선실에 있는 마이의 사정은 더욱 비참하네. 베트남 패망 이후 가족은 뿔뿔이 흩어져 생사조차 모른다네. 쿠엔은 더욱 불쌍하지. 몸도 저런 데다가 종전을 앞두고 숲으로 들어간 어머니와 형들은 돌아오지 않았다네. 사람은 누구나 한 가지 시름이 없는 사람은 없어. 겉은 멀쩡해 보여도 속이 타들어가는 사연이 있게 마련이야. 신은 우리를 그냥 내버려두지 않아. 한 가지씩 시련을 안기고 그에게 매달리도록 만들지.

명 회장은 쿠엔에게 했던 말에 살을 붙여 말했다. 그게 그의 위로법인 모양이었다.

— 조나단, 선실에 가서 잠시 누워 있게. 안색이 너무 안 좋아.

조나단은 선실로 가지 않고 돛대에 기대어 잠이 들었다. 선실에서 마이가 모포를 가져다 덮어주었다. 술기운이 돈 남자들은 언제나처럼 다시 장사 이야기를 시작하고 있었다.

— 사업이란 게 2할 정도만 성공하고 8할은 망하게 되어 있어. 누구든지 살아남기 위해 처절한 노력을 하지만 다 성공하지는 않네.

— 맞아요, 형님. 그게 바로 파레토 법칙이죠. 19세기 이탈리아 경제학자가 정리한 이론입니다. 그는 20프로의 식물이 80프로의 과실을 맺고, 20프로의 고객에게서 수익의 80프로가 나오며, 20프로의 운동선수가 80프로의 점수를 기록한다는 것을 발견했어요.

천 교수는 수학 교수로서의 면모를 과시했다. 좌중은 귀를 세우고 그의 말을 경청했다.

— 실제로 20프로의 범죄자가 80프로의 범죄를 저지른다고 해요. 또 운동선수 중 20프로가 전체 상금의 80프로를 싹쓸이한다고 해요. 샌프란시스코 자이언츠의 투수 연봉을 보세요. 몇 천만 불로 다른 선수들 연봉 다 합친 것보다 많죠.

— 맞는 것 같아요, 천 교수님 말이. 실제로 교회 헌금의 80프로는 20프로의 교인이 내고 있으니까요.

모처럼 박 목사가 맞장구쳤다.

― 20프로의 나라가 지구 면적의 80프로를 차지하고, 20프로의 나라 인구가 지구상의 80프로 인구를 갖고 있죠. 그런데 문제는 2할의 인간이 8할의 재산을 소유하고 있다는 겁니다. 8할의 인간은 20프로를 가지고 나누고 있는 셈인 거죠. 마치 자연의 섭리인 것처럼 8 대 2의 법칙이 존재한다는 것만 해도 억울할 판인데 이제는 그 8을 가지고 있는 국가나 인간들이 나머지 둘까지 빼앗으려고 하니 갈등과 분쟁이 끊이질 않는 거죠. 그것이 영토문제로 가면 전쟁이 일어나고요.

세탁소 송 사장은 「2할의 고객을 집중관리하라」던 세미나에서의 강사가 한 말을 상기했다. 그러나 그는 모든 고객의 세탁물을 차별적으로 처리할 수 없었다.

― 천 교수 말에 일리가 있네. 그 80과 20이 이제는 90과 10으로 바뀌고 있고, 언젠가는 99와 1로 바뀌고야 말걸세. 그것이 자본주의의 결말인 것이지. 파국을 면하려고 연방정부는 몇 년에 한 번씩 금리와 세율의 칼을 빼지만 역부족인 게야. 가진 자의 파워를 이겨내지 못해 속도를 늦출 뿐이지. 그나마 자본주의 국가에서는 그 비율이 합법적으로 바뀌지만 좌익들은 무법적으로 간격을 벌리지. 그들 자신이 법이므로 간섭할 세력도 없어. 딱히 별다른 묘수가 있는 것도 아닐 테지만 결국 8 대 2의 법칙이 훼손될 때는 혁명 외에 다른 수단이 없어.

이야기가 혁명으로 돌아가자 명 회장은 박정희를 회상했고, 이 화백은 이순신을 생각했다.

— 이제 소상인의 시대도 끝이 났네. 시간이 지날수록 렌트비와 인건비를 감당할 수 없을 거야. 나도 그것을 벗어나려다가 이 지경이 되었지만.

— 맞아요, 형님. 월세만 해도 그래요. 물가 인상률에 따라 매년 3프로에서 6프로씩 인상한다고 해서 얼핏 생각하면 10년이라야 30프로 정도 인상되는 것 같지만 그것이 아니죠. 복리로 계산하면 3프로씩 올리면 24년 후엔 두 배가 되는 것이고, 6프로씩 올리게 되면 12년 후에 두 배가 된다니까요. 복잡한 방정식을 꺼낼 필요도 없이 72를 3으로 나누면 24가 되고, 72를 6으로 나누면 12가 됩니다. 만약 1년에 9프로씩 인상한다면 8년 만에 두 배가 되지요. 어디 그뿐인가요? 5년마다 재계약 시 인상되는 임차료를 생각하면 끔찍하죠. 20년이 되면 그 건물을 사고도 남을 돈이에요. 우리는 맥주값을, 세탁비를, 샌드위치값을 10년에 두 배씩 올리지는 못하죠. 목이 새까만 와이셔츠 한 장을 빨아서 다리미질까지 해주고 99전이라니? 그것이 언제적 99전인가? 안 그런가 송 사장.

송 사장이 고개를 끄덕였다.

— 수익은 줄고 렌트비는 올라가니 그 넓어지는 간격을 몸으로 때울 수밖에… 인건비를 줄인다고 종업원을 내보내고 나면, 더 강도 높게 일하고, 더 긴 시간을 일하게 되지. 결국은 직업병을 짊어지고 은퇴하는 길로 가는 것! 그것이 아마도 정해진 코스인 것 같아.

117

파도는 고요했으나 처서가 지난 초겨울의 바다는 차가웠는데 천 교수는 열변을 토하느라 체온이 올랐는지 자켓을 벗었다. 달빛에 그의 어깨에 메어진 총지갑과 총의 손잡이가 드러났다.

— 천 교수, 아직도 총을 차고 다니나?

— 네, 이제 습관이 되었어요. 총을 가슴에 품고 다녀야 마음이 진정돼요. 그나저나 형님, 이제 육지로 나오세요. 집사람도 없고 해서 방이 두 개나 비어 있어요.

— 생각해보겠네만, 아직은 견딜 만해. 마음도 편하고.

이 화백은 명 회장 부부가 가여워서 간곡히 덧붙였다.

— 저희 집에도 방이 하나 비어 있습니다. 겨울도 다가오고 몸도 편치 않으신데…

— 나보다도 집사람이 걱정이야. 배가 흔들려서 그런지, 밤의 적막이 두려워서 그런지 잠을 못 자요. 수면제에 의지하지 않고서는. 천 교수, 육지로 나갈 때까지 그 총을 빌려줄 수 있겠어?

…… 홀로 떠 있는 배에서는 총이 필요할 줄도 몰라…

천 교수는 가죽총대를 풀러 명 회장 앞으로 내밀었다. 명 회장은 그것을 둘둘 말아 케이크 박스에 넣으며 이 화백을 보고 말했다.

— 이 화백, 조만간 이 화백 집을 방문해도 될까? 목욕도 하고 또 할 말도 좀 있어요.

— 필요하시면 언제든지 오십시오. 아예 머무르셔도 좋고요.

그때 선실로 들어갔던 쿠엔이 마이의 손을 잡고 나왔다.

― 천 사장님, 제가 출근할 시간이 돼서 먼저 가야겠습니다. 교대 시간이 얼마 안 남았어요. 마이 누나가 태워다 주기로 했어요. 명 회장님, 작은 보트는 교각에 매어놓을게요.

― 그래? 시간이 벌써 그렇게 됐나? 내가 태워다줄게.

천 교수는 일어서면서 휘청거렸다. 총상으로 인해 입원과 퇴원을 거듭한 후 오랜만에 과음한 터에 명 회장의 몰락과 처지에 대한 울분이 겹쳐 몸이 잘 가누어지지 않았다. 부인네들이 선실에서 몰려나왔다.

― 우리들도 이제 가야지.

부인네들은 바닥에 널려 있는 음식들과 종이컵을 정리하고, 남자들은 쓰레기를 검은 비닐자루에 담아 들고 일어섰다. 명 회장이 닻을 감아올리고 보조모터에 시동을 걸어 저속으로 교각의 사다리 밑으로 배를 대었다.

부인네들이 먼저 오르고 마이가 천 교수를 부축하여 사다리를 올랐다. 쿠엔은 사다리를 오르면서 여덟 번째 칸의 사다리 속으로 손을 뻗어 원통형 나무교각에 꽂혀 있는 화살을 뽑았다. 남자들까지 모두 피어에 오르자 배에 남겨진 명 회장 부부가 손을 흔들었다. 서로 작별인사를 할 때 현주는 조나단의 팔을 잡고 말했다.

― 조나단, 오늘은 우리 집에서 자고 가. 속은 좀 가라앉았어? 안색이 좋지 않아.

조나단은 거절하지 못하고 이 회백 부부와 함께 모빌 홈을 향해 걸어갔다. 쿠엔과 마이는 천 교수를 부축하여 철길 아래 세워둔 천 교수의 트럭으로 갔다. 20년도 넘은 G.M.C 트럭은 탱크처럼 단단해 보였다. 흰색은 회색으로 변해 있었고, 모서리마다 녹이 배어 나와 폐차장의 쇠붙이 같았다.

— 사장님은 운전하실 수 없어요. 키를 주세요.

마이와 쿠엔이 천 교수를 조수석으로 밀어 올린 후 쿠엔은 짐칸으로 올라탔다. 짐칸에 오를 때 어깨에 둘러멘 활과 화살통을 제 몸보다 더 조심스럽게 다루었다. 마이가 쿠엔에게 꾸짖듯이 말했다.

— 쿠엔, 이제 활을 가게에 두고 다녀. 그게 좋겠어. 마을 사람들이 너를 이상한 눈으로 바라보는 것 같아.

— 알았어요, 누나.

마이는 차를 돌아와 운전석에 앉으면서 큰소리로 말한 것을 후회했다.

…… 쿠엔에게서 활을 빼앗으면 쿠엔은 활력을 잃고 더욱 추하게 변할 거야. 쿠엔은 활을 쓰다듬을 때 엄마의 살갗을 만지는 기분일지도 몰라.

운전대를 잡고 시동을 걸자 마일리지 게이지가 삼십만 마일을 가리키고 있었다. 그러나 엔진소리는 부드러워서 차의 수명이 아직 많이 남아 있다는 것을 알게 해주었다. 쿠엔을 리커스토어 앞에 내려주고 천 교수의 집으로 향했다. 잠이 들었는지 오른쪽 창문에 머리를 기댄 천 교수의 옆얼굴을 보자. 뜨거운 슬픔 같은 덩어리가 가슴에 차올랐다.

이마의 주름과 귓가의 흰 머리털과 아내의 안경을 밟고 넘어질 때 찢어져서 꿰매었던 입술의 흉터와 유난히 커진 것 같은 목 울대가 강도의 충격에 아내를 잃은 한 남자의 고단하고 고독한 얼굴을 이루고 있었다.

…… 나만 외로운 게 아니구나. 누구나 다 그래. 명 회장님 말씀이 맞아. 한 가지 고통이 없는 사람은 없어.

마이는 자동차 키에 매달려 있는 현관키를 찾아 문을 열어두고 다시 트럭으로 돌아가서 잠들어 있는 천 교수의 오른쪽 얼굴을 바라보았다.

…… 불쌍한 분. 나는 이분을 위로해드릴 어떤 것도 가지고 있질 않아.

차문을 열면 천 교수가 무너져 내릴 것 같아서 문을 열 수 없었다. 집으로 들어가 스위치를 찾아 불을 밝혔다. 혼자 사는 사람 집 같지 않게 깨끗하게 정리되어 있었다. 살림살이는 모두 있어야 할 곳에 자리 잡고 있었다. 침실을 찾아 침대의 이불을 젖혀놓은 다음 다시 트럭으로 갔다. 천 교수가 보이지 않았다. 그는 차에서 내려와 정원에 있는 야외용 테이블에 엎드려 있었다.

— 사장님, 집에 들어가 주무세요.

마이가 천 교수의 어깨를 흔들었다.

천 교수는 머리를 들어 멍한 상태로 그녀를 바라보더니 힘겹게 일어나서 걸어갔다. 마이는 천 교수의 팔을 잡고 침실문을 열었다. 천 교수는 침대에 몸을 던지더니 다시 잠에 빠져들었다. 마이는 천 교수의 양말을 벗기고 이불을 덮어주었다. 마이는 주방의 식탁 의자에 앉아 무엇을 어떻게 해야 할지 알 수 없었다.

황금꽃

마이는 가디건을 벗어 식탁 의자에 걸쳐두고 침실로 들어갔다. 사이드 조명등의 불빛을 낮추고 천 교수의 옆에 누웠다. 아늑함과 따스함이 스며들었다. 여덟 살 즈음에 아버지의 팔을 베고 누워 느꼈던 평온함이 느껴졌다.

…… 살아계실까? 어디에 살아계실까? 어머니는? 오빠들과 올케와 조카들은? 여동생 아잉은? 아잉의 폐병은 나았을까? 그리고 내가 손을 놓친 막내 땡은?

천정을 바라보는 마이의 눈에서 흘러내린 눈물이 그녀의 귓가를 적셨다.

…… 나는 왜 이토록 식구들을 만날 수 없는 걸까?

온 식구가 밥상에 둘러앉아 국수를 먹던 추억이 떠올라 그녀를 더욱 가슴 아프게 했다. 마이는 조심스레 침대를 빠져나와 욕실로 가서 눈물 젖은 얼굴을 닦았다. 숲이 무성한 머릿결에서 바다 냄새가 났다. 쿠엔의 조각배를 타고 떠나던 날 밤의 고향 바다 냄새가 났다. 바다의 냄새는 어디서나 마찬가지인 모양이었다.

마이는 샤워꼭지에서 더운물이 나올 때까지 기다렸다. 기다리는 동안 옷을 다 벗었다. 거울을 보니 아직 탄력 있는 몸이 거기에 서 있었다. 더러운 몸이었다. 더러운 몸이라는 생각이 들었다. 그녀는 뜨거운 물에 머리를 감았다. 그리고 온몸을 피부가 벗겨질 만큼 문질렀다. 비누칠을 세 번이나 했는데도 시가 냄새가 나는 것 같아서 몸서리쳐졌다. 리차드가 리커에서 밀린 렌트비 대신 가져가는 쿠바산 고급 시가 냄새였다. 마이는 다시 한번 비누칠을 한 다음 맑은 물로 씻어내고서야 샤워를 멈췄다.

타올로 몸을 감싸고 나와서 침대 곁에 서서 천 교수를 내려다보았다. 마이는 깊은 잠에 빠져 있는 천 교수의 이불을 걷어내고 그의 옷을 하나씩 벗겨 내려갔다. 이어서 물에 적신 따뜻한 타올로 그의 몸을 닦았다. 부드럽게 닦았다.

허벅지의 총상은 총알이 들어간 자리는 깊게 패어 있었고, 나간 자리는 부풀어 있었다. 그의 아내가 죽던 날의 흔적이었다. 마이는 다시 누워 사이드 조명의 스위치를 내리고 천 교수의 가슴에 얼굴을 묻고 잠을 청했다. 천 교수는 무언가 뜨거운 것에 가슴을 짓눌리는 답답함에 눈을 떴다.

― 누구요?

― 저예요. 마이.

— 어쩐 일이요?

— 이대로 있게 해주세요.

천 교수는 무어라고 말을 해야 할지 몰라서 겨우 한마디 했다.

— 내가 많이 취했던 게로군.

— 아니에요. 제가 원한 거예요.

마이의 가슴이 천 교수의 가슴에 포개져 있었고, 그녀의 긴 머릿결이 그의 가슴에 퍼져 있었다.

— 마이, 미안하오. 총에 맞은 이후로는 내 육신의 모든 것이 정지되어 버렸어.

— 그런 건 상관없어요. 나는 당신의 따뜻한 가슴속에 머물고 싶을 뿐이에요.

천 교수는 오른손을 들어 그녀를 힘주어 안았다.

— 그날 이후로 모든 것이 끝났어. 아무런 희망도 없어. 나 같은 건 이제 마이의 인생에 짐이 될 뿐이야.

천 교수는 길게 한숨을 내쉬었다.

— 희망이 없는 인생은 없어요. 기다리노라면 어느 날 희망의 빛이 보일 거예요. 기다림의 여정이 아무리 험하다 해도… 저를 보세요. 저는 아직 가족을 만날 희망을 버리지 않았어요.

천 교수는 마이의 머리를 쓰다듬어 주었다. 그리고 불현듯 생각난 것처럼 물었다.

— 그나저나 마이, 리차드가 왜 마이 집을 드나드는 기요?

마이가 머뭇거리며 대답했다.

— 다 말씀드릴게요. 사장님이 병원에 계시는 석 달 동안 부끄러운 일이 있었어요. 리차드가 흥정을 해왔죠. 공터에서 장사를 계속하게 해주는 대가로요. 저는 가족을 찾을 때까지는 무슨 일이던 견디어낼 수 있어요. 육신 따위는 아무것도 아니죠. 그렇지만 이제부터는…

…… 저에게는 사장님뿐이에요.

그녀의 슬픔이 천 교수의 가슴에 스며들어 폐를 가득 채웠다. 그는 숨을 몰아쉬었다.

— 마이, 아무리 목적이 숭고하다 해도…

인생의 절박함을 체험해보지 못한 사람의 말이었다.

— 미안하오. 내가 괜한 말을…

— 아니에요. 제가 다른 방법을 찾아야 했어요. 사장님도 안 계시고… 의논할 사람이 없었어요. 살다 보면 원하지 않은 일이 일어날 때도 있나 봐요. 제가 가족을 전부 잃어버린 것처럼. 전쟁도 우리가 원하는 게 아니었고, 탈출도 그렇고요. 원하는 대로 되어지지 않는 게 인생인가 봐요.

천 교수는 분위기를 바꾸는 것이 좋겠다는 생각을 하고 쿠엔에 대해 물었다.

— 쿠엔이 친동생이 아니라고 했는데…

— 말씀드릴게요. 지금까지 아무에게도 하지 않은 이야기를 해드

릴게요.
천 교수는 마이의 등을 쓸어내렸다. 마른 몸이었다.

쿠엔의 집은 논의 끄트머리에 있는 작은 산의 기슭에 있었다. 쿠엔의 두 형은 둘 다 애꾸눈이었다. 왼쪽 눈이 멀어 있었다. 동네 사람들 말로는 군대에 보내지 않으려고 쿠엔의 어머니가 한쪽 눈을 실명하게 만들었다고 했다.
쿠엔이 태어났을 때 쿠엔의 아버지는 집에 없었다. 숲으로 들어가 전사가 된 지 오래되었고, 숲으로 들어간 이후로 동네 사람들은 쿠엔의 아버지를 본 적이 없었다. 쿠엔이 태어났을 때 그것이 누구의 씨일까라는 말로 마을이 시끄러웠다. 비밀경찰이 쿠엔의 어머니를 체포해갔다. 남편이 언제 집에 왔었느냐고 다그쳤으나 쿠엔의 어머니는 입을 열지 않았다. 고문을 할수록 입을 굳게 닫았다. 다만, 집에 남겨진 갓난아이 걱정만 했다. 지역 경찰서 서장인 마이의 아버지가 고문을 말렸다.
「그 아이가 그 남편의 아이라는 증거가 없지 않느냐?」
불분명한 일로 사람을 구속하면 안 된다고 주장했다. 계급상으로는 비밀경찰의 지휘자가 마이 아버지의 밑이었으므로 그들은 불평을 하면서 쿠엔의 어머니를 풀어주었다.
쿠엔의 어머니가 갇혀 있던 한 달 동안 마이의 어머니가 쿠엔을 데려다가 우유를 먹여 살렸다. 쿠엔의 어머니가 쿠엔을 찾으러 왔을 때 마이 어머니를 바라보는 눈에 말할 수 없는 경외심이 담겨 있었다. 아이를 넘겨줄 때 어머니는 쿠엔의 어머니에게 귓속말로 말했다.

「퉁씨 부인, 이번엔 쿠엔의 눈을 건드리지 말아요. 저렇게 잘생겼는데… 쿠엔이 열 살이 되기 전에 전쟁은 끝날 거예요.」

쿠엔의 엄마는 부이 부인의 치맛자락을 붙잡고 있는 마이를 한참 동안 바라보다가 한마디를 남긴 채 쿠엔을 안고 뒤돌아 나갔다.

「네가 마이니? 참 예쁘게도 생겼구나, 마이.」

두 달 후에 마이의 아버지는 서장직에서 해임되었다. 쿠엔 엄마를 풀어준 일로 해임되었을 뿐만 아니라 체포될지도 모른다는 소문이 돌았다. 다행히 두 아들이 정부군에서 활약 중이었기 때문에 화는 면했다. 그러나 아무런 준비도 없이 실직된 상태에서 대가족의 하루하루가 걱정이었다.

정부군에 있는 두 아들은 임지가 멀어서 도움의 손길 또한 멀었다. 가끔 쿠엔의 어머니가 쌀과 국수를 갖고 왔으나 한동안의 끼니는 다음달로 연결되지 않았다. 마이 어머니가 신부님께 고해성사를 했다. 신부님은 궁리 끝에 도로에 면한 휴게실의 커다란 방 한 칸을 내주었다. 온 식구가 매달려 과일주스를 만들어 팔았다. 쿠엔의 엄마가 열대과일을 무상으로 갖다주었다. 쿠엔의 집 뒷산에서 딴 망고와 별사과들이었다. 얼음과 물과 설탕만 있으면 시원한 과일주스가 만들어졌다. 값싸게 팔 수 있었고, 값이 싼 만큼 손님이 줄을 이었다.

마이는 갓 입학한 중학교에서 하교하는 대로 주스가게에 들러 가족 일을 도왔다. 여동생은 쿠엔과 동갑이었는데 폐병으로 인해서 늘 얼굴이 창백했다. 쿠엔도 자라면서 주스가게에 놀러 와서 주스를 마시고 돌아가곤 했다. 해맑은 아이였다. 쿠엔은 올 때마다 과일자루를 갖고 왔다. 네 살배기 어린아이가 산기슭에서 성당까지 들고 오기에는 무거운 무게였다.

아버지는 돈이 모이는 대로 금괴를 사서 모았다. 그렇게 모은 금을 가죽 주머니에 넣어 작은 항아리에 담았다. 항아리를 뒤뜰 별사과나무 아래 묻었다.

쿠엔의 두 형은 쿠엔의 아버지가 남겨준 배를 티고 붕띠우 앞바다로 나가서 생선을 잡았다. 그들이 바다로 나갔던 날은 어김없이 마이네 집의 밥상에 생선요리가 올라왔다. 두 형제는 사람들 앞에 나서는 일이 없었다.

쿠엔이 열 살이 다 되어가는데도 전쟁은 끝나지 않고 있었다. 쿠엔의 어머니는 쿠엔이 한 살 한 살 커갈 때마다 시름이 깊어졌다.

…… 쿠엔이 열여덟이 되기 전에 전쟁이 끝나야 될 텐데… 잘못하면 아비와 아들이 서로 총부리를 겨누게 될지도 몰라.

파병되어 온 한국군은 사령관의 명령에 따라 농민들의 일손을 도왔으나 그들 중 누가 숲으로 간 전사들의 가족인지 알 수 없었다. 20년도 넘은 전쟁에서 총을 든 청년들은 왜 싸워야 되는지를 잊어가면서 싸웠다. 적이 나를 쏘니 나도 적을 향해 쏘았다. 살기 위해 방아쇠를 당길 뿐이었다.

일주일에 한 번은 주스가게에 오던 쿠엔의 발길이 뜸했다. 땀이 온몸을 적실 만큼 무더운 여름 한낮에 쿠엔이 왔다. 회색 천으로 감싼 막대기를 어깨에 메고 왔다.

「누나, 엄마가 숲에서 주워다 주었어요. 뒷산에서 쏘아보았는데 백발백중이에요. 누나, 그런데 과녁이 없어서 제대로 연습을 할 수 없어, 누나.」

쿠엔은 말의 시작과 끝에 「누나」를 꼭 붙여 말했다. 멀어져가는 사람을 붙잡는 것처럼.

「누나, 과녁을 하나 만들어줄 수 있어요? 활쏘기 놀이가 제일 재미있어요. 학교에서 아이들이 나를 상대해주지 않으니 혼자 놀 수밖에 없어, 누나.」

마이는 쿠엔이 갖고 온 회색 천 위에 동그라미 하나를 그려주었다. 사이공 신문에 해괴한 기사가 실렸다. 미군 병사 한 명이 숲에서 화살을 맞고 사망했다는 뉴스였다. 마이는 직감했다. 어린 쿠엔이 동그라미 대신에 병사의 등판을 향해 화살을 날렸다는 것을. 며칠 후 쿠엔이 주스가게에 왔을 때 그의 어깨에 걸쳐진 것은 아무것도 없었다. 마이는 쿠엔을 데리고 성당문 앞으로 가서 문기둥 뒤에서 나지막하게 말했다.

「쿠엔, 왜 그랬어? 전쟁은 어른들의 놀이야. 너는 공부만 열심히 하면 되는 거야. 조심해.」

「누나, 알았어요. 누나, 다시는 안 쏠게요, 누나.」

「활은 어쨌니?」

「높은 나무에 감춰두었어요.」

「잘했다. 다시는 쏘지 말아. 그리고 그 과녁도 불태워버려. 당분간 여기도 오지 말고.」

「다시는 안 쏠게.」

쿠엔은 어깨를 축 늘어뜨리고 산기슭의 집으로 돌아갔다. 우기가 지나고 건기가 시작될 무렵이었다. 줄을 선 주스가게 앞의 사람들을 헤치고 쿠엔의 엄마가 피투성이가 된 쿠엔을 업고 들어와 울부짖었다.

「서장님! 사모님! 쿠엔 좀 살려주세요.」

「통씨 부인, 무슨 일이세요?」

「우리 쿠엔이, 우리 쿠엔이 다쳤어요!」

쿠엔은 높은 나무에 숨겨둔 활을 찾으려고 나무에 오르다가 떨어진 것이었다. 쥬스가게 앞에 줄 서 있던 미군 병사가 지프차를 갖고 와서 쿠엔을 안고 뛰었다. 병사의 군복은 쿠엔의 피로 물들었다. 병사는 쿠엔과 아버지를 태우고 경적을 울리며 질주했다. 아버지는 쿠엔을 입원시켰다.

아버지는 별사과나무 아래 묻어둔 여덟 번째 항아리에서 금을 꺼내 팔아서 통씨 부인에게 전했다. 마이가 돈을 전달하러 쿠엔의 집에 갔을 때 쿠엔의 두 형과 마주쳤다. 쿠엔의 엄마는 아직도 울고 있었다. 마이는 통씨 부인을 보지 못하고 쿠엔의 형들에게 말했다.

「입원비에 쓰시라고 아빠가 주셨어요. 오빠가 어머니에게 전해주세요.」

애꾸눈 형제는 슬픈 표정으로 돈을 받았다. 쿠엔은 나무에서 떨어질 때 등뼈가 부러져 튕겨 나와 있었다. 의사는 불거진 등뼈를 제자리로 밀어 넣지 못했다. 쿠엔이 퇴원할 때 튀어나온 등뼈는 그대로 있었다. 쿠엔은 하체만 자라서 키가 작았다. 통씨 부인이 쿠엔의 형들과 함께 많은 과일을 손수레에 싣고 왔다.

「통씨 부인, 죽지 않은 것만도 다행이에요. 원래 기운이 셌던 아이니 자라면서 원상으로 돌아올 수 있을 거예요.」

쿠엔의 어머니는 쿠엔이 군대에 끌려가지 않아도 될 것이 다행이라고 스스로를 위로하고 있었다.

「언젠가는 돈을 갚을 날이 있을 거예요.」

「과일 걱정은 마세요. 아이들이 매일 가져다드리도록 하겠어요.」
그러면서 애꾸눈 두 아들을 바라보았다.

여기까지 말한 마이는 천 교수의 이마를 손으로 짚었다.

— 지루하지 않으세요? 사장님, 열이 있어요.

— 괜찮아요, 마이. 나는 원래부터 술을 마신 다음날에는 열이 좀

있어. 더 듣고 싶어.

— 물을 좀 드릴까요?

— 그랬으면 좋겠군. 갈증이 나네.

마이는 천 교수의 몸에서 일어나 부엌으로 가서 물 한 잔을 가지고 왔다. 마이는 일어나기 전의 모습으로 다시 천 교수의 가슴에 얼굴을 묻었다.

— 봄날이었어요.

정부군으로 전장에 나가 있던 두 오빠가 한밤중에 집으로 스며들었다. 가슴에는 총검술에 쓰였던 칼을 품고 있었다. 사복을 입은 오빠들은 이제 전쟁이 끝날 것 같다고 말했다.

「어떻게 끝이 난다는 거냐?」

아버지의 물음에 오빠들은 침통하게 말했다.

「패전이죠. 졌어요.」

다음날 아침 주스가게는 열리지 않았다. 아버지는 신부님께 고해성사를 하고 와서 가족을 한자리에 모이게 했다.

「바오와 주이, 너희들은 가족을 데리고 즉시 떠나라. 사이공이 함락되면 너희들은 곧 체포될 거야. 종전이 되지 않더라도 탈영병으로 잡혀가게 될 것이고, 이도 저도 피할 길이 없다.」

「아버지, 배를 한 척 사서 가족이 모두 함께 탈출하면 어떨까요?」

큰오빠는 나머지 가족 걱정을 하고 있었다.

「그건 너무 위험해. 잘못하면 가족 모두가 바다에서 흔적도 없이 사라질 수도 있어. 우리 가문이 없어지는 거지. 누구든지 살아남아서 대를 이어가야 한다.」

어머니는 눈물을 흘리며 손을 떨고 있었다.

「그리고 엄마와 나는 아잉을 데리고 두 번째로 탈출하겠다. 아잉의 폐병이 아직 차도가 없으니 엄마가 약을 챙겨 먹여야 하니까 우리가 떠난 후에 기회를 봐서 마이 너는 막내를 데리고 떠나라. 너희들은 미성년자니까 사이공이 함락되더라도 체포되지는 않을 테니까.」

아버지는 창고에 가서 커다란 배낭 일곱 개와 작은 배낭 다섯 개를 가지고 왔다. 열두 개의 배낭에서는 곰팡이 냄새가 났다. 아잉의 배낭은 없었다.

「여보, 울지만 말고 어서 쌀가루 자루를 가져와요.」

어머니는 아잉을 안아 침대에 눕히고 캐쉬미어 담요를 덮어주었다. 아잉은 곰인형을 안고 잠들어 있었다. 어머니는 힘없이 창고로 가서 일곱 개의 10킬로 들이 자루에 쌀가루를 담았다. 5킬로 들이 자루 다섯 개에도 쌀가루를 담았다.

쌀을 쪄서 말린 다음 가루로 만든 미숫가루였다. 이번에도 아잉이 짊어져야 할 자루는 없었다. 어머니의 머리는 하얀 쌀가루 먼지로 덮여 있었다. 아버지가 다시 창고로 가서 군용담요 열두 개를 가지고 왔다. 아잉의 담요는 없었다. 아잉의 체온을 지켜줄 포근한 캐쉬미어 담요는 지금 아잉의 몸에 덮여 있었다. 어머니는 떠나기 전날 아잉의 캐쉬미어 담요를 아버지의 배낭에 넣을 것이었다. 가족사진을 한 장씩 나누어주며 아버지가 말했다.

「불필요한 것은 일체 가져가지 마라. 배낭에는 금괴와 담요 그리고 쌀가루 자루만 넣어라. 그리고 이 사진 한 장씩을 안주머니에 넣고 나머지는 모두 불태워 버리는 거야. 패전국 백성에게 이제 과거 따위는 없는 거야. 다 지워지는 거지. 막내야, 우리가 다시 만나면 다시 사줄 것이니 장난감을 하나라도 가져가지 마라. 짐이 많으면 누나가 더 고생이 되니까.」

탱은 어머니에게로 달려가서 울음을 터트렸다. 어머니가 탱의 등을 다독거리며 말했다.

「탱, 울지 말아. 병정 한 개는 가져가두 좋아.」

탱이 우는 것은 장난감 때문이 아니라 엄마, 아빠와 헤어질 것이라는 공포심 때문이라는 것을 아는 형제는 아무도 없었다.

「아니다. 금괴는 배낭에 넣지 말고 몸에 지녀라. 배낭을 잃어버릴 수도 있으니. 배를 얻어 탈 때 금괴 세 개만 주면 된다고 들었다. 일곱 개는 구조되어 육지에 내리거든 현금과 바꾸어서 사용해야 한다.」

아버지는 1온스짜리 작은 금괴 열 개가 들어 있는 가죽 주머니를 안주머니에 넣고 사제관으로 갔다.

…… 사이공이 함락되면 신부님들도 처형될지 몰라.

아버지는 신부님에게 금괴를 전하고 돌아와서 다시 식구들을 불러 모았다.

「한 가지 잊은 게 있다. 십자사과나무 아래에 항아리 두 개는 남겨 놓았다. 탈출에 실패하면 집으로 돌아와 그것을 챙겨라. 그리고 옷은 두툼하게 입고 출발해라. 바다는 항상 추우니… 사이공의 날씨와는 달라. 그리고 제일 중요한 건 어느 나라 배에 구조가 되든 난민수용소 생활을 하게 될 것이고, 가고 싶은 나라를 결정해야 될 텐데 모두들, 모두들 미국으로 가야 한다.」

아버지는 모두, 모두를 겹쳐 말했다.

「우리의 패전에는 미국의 책임도 있으니 아마도 우리 베트남 난민을 받아줄 것이야.」

아버지는 큰오빠와 작은 오빠를 따로 불러서 당부했다.

「어디를 가던지 헤어져 살지 마라. 항상 서로 돕고 힘을 합쳐서 살아가야 해. 그런 다음 제일 먼저 가족의 행방을 찾아 다시 모이게 하고. 내일 내가 부두로 나가서 너희 가족이 탈 배를 교섭할 테니 내일 밤에 떠나도록 준비하거라. 지체하다간 헌병이 체포하러 올 줄도 몰라. 시간이 없어.」

형제들은 각자의 방으로 돌아가서 각자의 불안한 미래를 생각하느라 잠들지 못하고 뒤척였다. 부모는 자식 걱정에, 자식들은 부모와 형제자매에 대한 근심으로 잠들지 못했다. 연인들이 그렇듯이 헤어진 후보다는 헤어지기 전이 더 괴로운 법이다. 마이는 두려움에 온몸이 굳어지는 것 같았다.

…… 내가 막내를 데리고 무사히 탈출할 수 있을까.
아버지는 「하느님이 우리 가족을 버리지는 않으실 거야」라고 자식들을 위로했지만 그것은 아마 아버지 자신에게도 한 말이었을 것이었다.

마이는 천 교수의 팔을 베고 누워 천정을 보며 말을 이어갔다.
— 아버지는 이런 날이 오리라는 것을 알고 있는 사람 같았어요.
아버지는 두 오빠 가족이 대문을 나서기 전 큰아들을 방으로 데리고 갔다. 그리고 작은 상자에서 황금 불상을 꺼내 손에 쥐어주었다. 손으로 감싸면 보이지 않을 만큼 작은 금불상이었다.
「이것은 조상 대대로 물려온 거야. 굶어 죽기 전에는 처분하지 말고 네 아들에게 물려줘라.」
「아버지, 이 지폐와 칼은 어떻게 할까요?」
「지폐는 소용없어. 이미 돈 구실을 못하고 있어. 칼은 몸에 지녀라. 위험에 빠질 때가 생길지도 모르니까.」
두 오빠 가족 여덟 명이 떠난 후 아버지와 어머니가 아잉을 데리고 떠날 차례였으나 탈출하려는 사람이 불어나서 배를 구하기 힘들어졌다. 뱃삯은 금괴 세 개에서 다섯 개로 불어나 있었다. 차일피일 지체되고 있는 중 4월 마지막 주에 사이공 거리에는 색다른 군복을 입은 군인들이 행진을 하고 있었다. 아버지는 당황했고, 마이는 불안했다. 전직 경찰서장인 아버지는 체포될 것이었다.

그러나 집의 대문을 박차고 들어오는 사람은 없었다. 쿠엔이 문을 두드렸을 때는 몸을 움츠렸다. 문틈으로 보니 쿠엔이 서 있었다.
「들어와 쿠엔. 어쩐 일이니?」
「엄마와 형들은 며칠 전 숲으로 갔어요. 그런데 어젯밤에 숲에서 온 사람이 이 편지를 주고 갔어요. 서장님 댁에 갖다주라고요.」
아버지는 황급히 봉투를 열어보았다.

부이씨 가족을 체포하지 말라.
그들은 우리 가족을 살린 의인이다.

자필로 쓴 글귀 밑에는 통 대장의 이름과 서명이 쓰여 있었다. 어머니의 눈에 피투성이가 된 쿠엔을 안고 울부짖던 통씨 부인의 얼굴이 어른거렸다. 어머니는 쿠엔에게 밥을 지어 먹였다.
「쿠엔, 아무도 없는 집에 가서 뭐해?」
「아니에요. 엄마, 아빠와 형들을 기다려야 해요.」
「그러나 오래 가지는 않을 거야.」
사흘 후 아버지는 배를 구했다. 이제는 배삯이 금괴 일곱 개가 되었다.
— 아버지와 어머니는 떠나시기 전에 막내의 얼굴을 감싸 쥐고 말했어요.
「탱! 누나의 손을 꼭 잡아야 돼. 언제 어디서나 그 손을 놓치지 말아.」

— 어린 탱도 무엇을 눈치챘는지 울지도 못하고 어머니의 눈을 뚫어지게 바라보았죠. 어머니가 마지막으로 탱의 목에 나무 십자가 하나를 걸어주셨어요.

「탱, 곧 다시 만나면 장난감을 많이 사줄게.」

— 그리고 저에게는 미화 천 달러를 주셨어요. 매주 미사 후 미군들이 주스를 사고 낸 현금을 모으셨던 거죠.

「마이, 탱이 곧 학교엘 갈 나이가 되니까 어디에 도착하던 학교부터 보내야 한다.」

— 그 말씀이 마지막이 될 줄은…

마이는 다시 천 교수의 가슴에 얼굴을 대고 흐느꼈다. 천 교수의 가슴으로 눈물이 흘러내렸다. 천 교수는 숨죽여 듣고 있었다. 이야기가 흐트러질 것 같아 아무것도 물을 수가 없었다.

— 주무세요? 피곤하면 주무세요.

— 아니오, 마이. 듣고 있어. 다음 얘기를 더 듣고 싶어.

— 이제부터는 제 얘기뿐이에요. 아버지와 어머니가 아잉을 데리고 떠나신 후 열흘이 지나서 막냇동생과 저는 집을 나섰어요. 달이 없는 날을 기다린 거죠. 어머니 말씀대로 탱은 제 손을 꼭 붙잡았어요. 바닷가에는 사람들이 모여 웅성거리고 있었죠. 배가 도착하자 어둠 속 여기저기서 사람들이 몰려들었어요. 몽둥이를 든 청년이 승선하기 전에 금괴를 걷었어요. 뱃삯은 금괴 세 개로 내려

있었고요. 저는 혹시 안 태워줄까 걱정이 돼서 동생 몫까지 1온스짜리 금괴 여덟 개를 주었죠. 금괴를 낸 사람은 오른쪽에 줄을 서게 했죠. 금괴를 못 낸 사람들은 모래사장 밖으로 쫓겨나고요. 선장인가 하는 사람이 배 한가운데 서서 말했어요. 짐은 한 개 이상 못 가져가니 나머지는 다 버리라고요. 탱과 저는 배낭 한 개씩만 메고 있었기 때문에 버릴 것도 없었죠. 사람들이 멈칫거리자 두 개 이상 짐을 가진 사람은 태워주지 않겠다고 협박했어요. 그제서야 사람들은 작은 가방의 짐을 큰 가방으로 옮겨 담았어요. 버려진 보따리들은 밀려온 파도에 휩쓸려 갔죠. 승선 허가가 내리자 사람들은 먼저 타려고 밀치고 당기고 난리였어요. 몽둥이를 든 청년은 보이지 않았죠. 저는 우선 탱을 안아서 던지듯이 배에 태웠죠. 그리고 제가 뱃전을 잡고 기어오르는 순간, 누군가가 저를 낚아채서 물가로 넘어뜨렸어요. 저는 온몸이 젖은 채로 다시 일어나서 뱃전을 잡았는데 이번에는 누군가 제 머리를 가격했어요. 잠시 정신을 잃고 있다가 깨어나 보니 배는 벌써 저만큼 멀어져가고 있었어요. 저는 큰소리로 외쳤어요.

「탱! 탱! 내려! 뛰어내려!」

「누나! 누나!」

― 들려오는 건 울부짖는 탱의 외마디 소리뿐이었어요. 제가 탱의 손을 놓친 거예요. 크지도 않은 배에 백여 명을 태운 터라 배가 물에 잠기는 것 같았죠. 희미한 항구의 불빛을 뒤로한 채 배는 어둠

속으로 사라졌어요. 탱을 업고 기어올라 갔어야 했는데 탱의 손을 놓은 건 저의 잘못이었어요.

여기까지 말한 마이는 말을 더 잇지 못하고 또다시 소리 내어 흐느꼈다. 마이의 눈물이 천 교수의 가슴으로 흘러내려 천 교수의 눈물과 합쳐져서 시트를 적셨다. 한동안 서로 말이 없었다.

— 오늘 다 말하지 않아도 돼, 마이.

마이는 다시 일어나 목욕탕으로 가서 세수를 하고 와서 천 교수의 팔을 베고 누워 한숨을 쉬었다.

— 바닷가에 서서 배가 사라진 쪽을 바라보다가 한 가지 희망을 품었죠. 절망 속에서도 늘 희망의 싹은 돋아나는 것 같아요. 탱이 탄 배가 경비선에게 발각되어 돌아올 줄도 모른다는 희망! 그래서 한 달 동안 매일 부둣가로 나갔지만 탱이 탄 배는 돌아오지 않았어요. 기다릴 수도, 다시 탈출할 수도 없게 되었죠. 체포된 탈출자들은 반역자로 몰려서 수용소에 갇혔어요. 수용소마다 찾아다녔지만 탱의 흔적을 발견할 수는 없었죠. 탱이 무사히 어느 육지에 도착했다면 다시 만날 수도 있다고 스스로 위로하며 혼자서 탈출할 궁리를 했죠. 뒤뜰 별사과나무 아래에는 아직 두 개의 항아리가 남아 있었어요. 실패한 가족을 위해 아버지가 예비로 남겨놓았던 항아리들 중에서 한 개를 열었어요. 1온스짜리 금 열 개가 들어 있는 가죽 주머니를 몸에 지니고 부두를 어슬렁거렸어요. 해안경비가 삼엄해진 탓인지 탈출하는 배를 접촉할 수 없었어요. 의심받을

것이 걱정이 돼서 배낭을 질 수는 없었죠. 그러던 어느 날 해질녘에 거지 행색을 한 청년이 그림자처럼 다가왔어요. 그는 키가 작았고 수염이 덥수룩했어요.

「며칠 동안 바닷가를 서성이던데 혹시 기다리는 사람이라도 있니? 아니면 도망갈 배라도 찾는 건가?」

— 저는 감시당하고 있는 것 같아 두려웠어요.

「아니에요. 저는 그저 바닷바람을 쐬러…」

「나는 다 알아. 탈출할 배를 찾는 거지? 내가 도와줄 수 있어. 나도 탈출할 계획이야. 나는 집에 들어갈 수가 없어. 정부군 장교였었거든. 그래서 나는 저기 저 폐선에서 숨어 살아. 체포당할 순 없지. 내 이름은 탱이야. 네 이름은 뭐냐?」

— 그가 속내를 털어놓자 안심이 되었어요.

…… 내 동생 이름과 같네.

「내 이름은 마이에요.」

「나는 매일 밤 폐선에서 잠을 자거든. 미군이 버리고 간 배야. 며칠 전 삼촌에게서 연락이 왔는데 탈출할 사람 삼십 명을 모집 중이래. 다음주 달이 없는 그믐날에 떠날 예정이야. 삼촌한테 말해서 너도 태워줄게.」

「고마워요. 저에게는 금이 있어요.」

「그래? 나 같으면 받지 않겠지만 삼촌에게는 금이 필요할지도 모르니 준비는 하고 있어. 어쨌든 다음주 화요일 밤에 해안가 저 끝에 있는 바위 밑으로 나와.」

— 저는 동생을 다시 만날 수 있을지도 모른다는 생각에 잠을 이룰 수가 없었어요. 다시 배낭을 꾸렸죠. 쌀가루 자루도 챙겼죠. 한밤중에 삼십여 명이 배에 타고 미끄러지듯 해안을 빠져나왔어요. 동력도 없는 낡은 배였기 때문에 남자들이 번갈아가며 노를 저었어요. 먼 바다로 나가기 전에는 돛을 펼칠 수가 없다고 했어요. 밤새 노를 저어서 넓은 바다로 나왔는데도 멀리 사이공의 불빛이 보였어요. 남자들은 모두 지쳐 있었죠. 강풍이 불어서 배가 앞으로 나아가고 있는 건지, 뒤로 가고 있는 건지 알 수가 없었어요. 붕따우 항이 시야에서 사라지자 탱과 삼촌은 돛을 올렸죠. 배는 빠른 속도로 더 넓은 바다로 나아갔어요. 거친 파도 위에서 배는 춤을 추었고, 돛은 부풀어져서 터질 것 같았죠. 밤이 되자 배의 낡은 돛은 강풍에 찢어져서 휘날리는 깃발 같았죠. 탱의 삼촌은 낙망하는 기색이 역력했어요.

「밀물에 밀려 다시 해안가로 떠내려가기 전에 노라도 저어야 해.」

— 손에 물집이 잡힌 남자들의 힘은 노 끝에 전달되지 못하고 배는 표류하기 시작했어요. 더욱 난감한 것은 배의 위치가 어디쯤인지 아는 사람이 없었다는 거예요. 보름달이 둥글게 비추는 것으로 보아 아마도 2주일 이상 표류했던 것 같았어요. 근처를 지나는 상선이나 원양어선이라도 보였으면 좋으련만, 망망대해에는 아무것도 보이지 않았어요. 물도 떨어져 가고, 각자 가져온 식량을 서로

나누어 먹었는데 그마저도 아껴야 했죠. 나중에는 아침 한 끼만 먹게 되었죠. 두 번째 보름달이 떠도는 배를 비추고 난 다음날 아침 눈이 부시게 맑은 날이었어요. 탱이 외쳤어요.

「와, 저기 육지가 보인다!」

— 남자들이 남은 힘을 쏟아 노를 저어 어느 해안가에 배를 대었어요. 운이 없었는지, 좋았던 건지 거긴 무인도였어요. 경비대가 없어서 체포되지 않은 건 다행이었지만, 당장 먹을 게 문제였어요. 바위섬이어서 따먹을 열매도 보이질 않았죠. 사람들은 바위틈을 뒤져서 새알을 찾아내서 삶아 먹어가며 연명했죠. 움푹 패인 바위에 고인 물도 바닥이 나서 갈증이 오기 시작했어요. 탱의 삼촌은 능숙한 낚시질로 생선을 잡아서 사람들의 허기를 채워주었어요. 탱의 삼촌은 겸손하고 공정한 사람이어서 불평하는 사람은 없었어요. 멀리서 배가 지나갈 때 연기를 피워서 구조신호를 보내기도 했지만 다가오는 배는 없었어요. 다행히 새들은 번갈아가며 알을 낳아주었죠. 견디다 못한 탱과 청년들이 섬의 내륙으로 들어가서 오래된 우물을 찾아냈을 때는 서로 부둥켜안고 기뻐했죠. 과일도 좀 구해왔으니까요. 그러나 우리를 구해줄 외국 배는 지나가질 않았죠. 라디오를 가진 사람이 다이얼을 돌리자 행진곡이 울려 나오고 개인 토지를 새로운 정부가 모두 압수한다는 뉴스가 흘러나왔죠. 그리고 탈출자는 체포하여 수용소로 보내고 있다는 불길한 소식뿐이었죠. 라디오에서 잡음이 없는 걸로 보아 육지에서 그리 먼

곳에 와 있는 것 같지는 않았어요. 낮에는 불을 피워도 잘 보이지 않을 거라면서 탱의 삼촌은 야밤에 장작더미를 쌓아놓고 불을 피웠어요. 그 불빛이 발견되었는지 새벽녘에 큰 배 한 척이 섬을 향해 오는 게 보였어요. 가까이서 보니 경비대의 함정이었죠. 탱은 신분을 감추기 위해 모든 소지품을 버리고 경비정에 올랐죠. 우리 삼십 명은 사이공 근교에 있는 수용소로 보내졌구요. 여자들은 몸 수색을 당하지 않아서 저는 금주머니를 감추고 있었죠. 남녀를 구분해서 헤어질 때 저는 금주머니를 탱의 삼촌 손에 쥐어주었어요. 저에게는 동생과 헤어질 때 남았던 금 두 개만 있게 되었죠. 탱은 제 삼촌을 따라 줄을 서며 저를 위로해주었어요.
「마이, 네 동생은 어딘가 살아있을 기야.」
— 수용소에서는 맛없는 식사를 그래도 하루 세 번은 먹여주었어요. 저는 아직 채 열여덟 살이 되지 않은 미성년자여서 심한 노역을 당하지는 않았어요. 군복을 수선하는 일을 하게 되었죠. 어느 날 주머니가 떨어져 나간 자켓을 수선하다가 깜짝 놀랐죠. 가슴에 새겨진 이름이 쿠엔의 작은 형 이름과 같았어요. 「통. 반. 투안」 저는 행여나 해서 경비병이 바뀔 때마다 유심히 살폈죠. 안개비가 내리는 날이었어요. 식사를 배급받기 위해 줄을 서 있었는데 애꾸눈인 쿠엔의 작은 형이 제 앞을 지나가는 것이었어요. 저는 줄을 빠져나와 뛰어가서 그의 옆으로 나란히 걸어갔죠. 처음에 저를 흘 깃 보더니 다시 앞만 보고 걸으면서 중얼거렸어요.

「너 마이 아니냐?」

「네, 맞아요. 작은 오빠.」

「네 가족은 어떻게 되었니?」

「모두 떠났어요.」

「혹시 내 동생 쿠엔 본 적 있니?」

「집에 있지 않겠어요?」

「집? 산기슭에 있는 우리 집은 없어졌어. 불타서 재만 남았더라고. 집이 없어졌으니 쿠엔은 어디를 헤매고 있을지…」

「저는 그에게 동생의 손을 놓치고 헤어지게 된 사실을 말해주었어요.」

「네 동생은 혹시 먼 수용소에 있을 줄도 몰라. 아니면 고아원 같은데… 내가 조사해서 알려줄게.」

「그런데 부모님과 큰오빠는 어디 계세요?」

「다 돌아가셨어. 마지막 전투에서. 하필이면 폭탄이 우리 연대의 한복판에 떨어졌거든. 내가 다른 부대에 연락하러 간 사이에 벌어진 일이지. 아버지가 쿠엔을 무척이나 보고 싶어 하셨는데… 어머니의 시신은 못 찾았어.」

— 어떤 말도 그를 위로할 수 없을 것 같았어요.

「전쟁에 이겼어도 아무 소용이 없어! 비참해지기는 마찬가지야. 그나저나 마이, 내가 소장님께 말해서 너를 석방되게 해줄게. 부이 서장님 가족이라고 말하면 너를 석방해줄 거야. 밖으로 나가거든 쿠엔을 찾아서 보살펴주고…」

― 3일 후에 저는 풀려났어요. 철조망으로 된 수용소 문을 열어주며 그가 말했어요.

「쿠엔을 찾거든 나에게 데리고 와주겠니?」

「찾아보기는 하겠지만 저는 가족을 찾아 다시 떠나려고 해요.」

― 그는 물끄럼히 저를 쳐다보더니 말했어요.

「이제 탈출하기는 힘들어. 점점 해안경비가 삼엄해지니까.」

― 그리고는 저에게 가까이 다가와서 소곤거리듯 말했죠.

「내가 도와줄게.」

「투안 오빠, 제가 떠나고 나면 쿠엔과 함께 우리 집에서 사세요. 우리 집을 드릴게요.」

― 저는 두 시간도 넘게 걸어서 집으로 돌아와 깊은 잠이 들었어요. 혹시나 해서 집 안의 불을 모두 밝혀두었지요. 현관문도 잠그지 않았죠. 자정이 막 지난 시각에 현관문을 여는 소리가 들렸어요. 쿠엔이 들어온 것이었어요. 다음날 저는 쿠엔을 쿠엔의 작은 형에게 데려갔고요. 쿠엔의 작은 형은 쿠엔을 안아 올렸죠.

「살아있었구나, 쿠엔!」

― 부모와 큰형의 전사에 대해 쿠엔에게 말해주지 않았어요.

「곧 돌아오실 거야. 쿠엔, 마이 누나를 먼 바다까지 태워다 주어라. 우리 배는 아직 거기에 있지?」

「응, 형. 아부도 우리 배를 건드리지 못해.」

— 쿠엔은 신이 나서 말했죠.

「잘 됐다. 쿠엔, 내가 모터를 달아줄 테니 누나를 먼 바다까지 데려다주고 너는 다시 돌아와라.」

— 쿠엔의 작은형은 우리에게 어로증을 만들어주고 망원경과 나침판도 구해주었죠.

「쿠엔, 그물과 낚시대도 실어라. 그리고 나침판을 잘 봐. 바늘이 가리키는 방향, 동쪽으로만 곧장 가야 해. 출발 때부터 모터를 작동시켜도 돼. 검문에 걸리거든 아버지 이름을 대. 전사한 통 장군의 아들이라고 말해. 두세 시간을 나가면 외국 상선들이 다니는 뱃길이야. 가스 한 통을 더 실어두었어. 충분히 돌아올 수 있을 거야.」

— 저는 별사과나무 아래에서 마지막 항아리를 열고 금주머니를 챙겼어요. 다시 돌아올 가족은 없을 테니까요. 두 시간을 항해했을 때 모터가 꺼졌죠. 쿠엔과 힘을 합쳐 아무리 줄을 당겨도 모터는 소리를 내지 않았어요. 마침 저 멀리 수평선에 배 한 척이 보였죠. 망원경으로 보니 배에 사람이 가득했어요. 보트 피플이었죠. 쿠엔이 소리를 지르고 저는 상의를 벗어 흔들어댔죠. 그 배도 역시 전진하지 못하고 제자리를 맴돌고 있었어요. 저희를 보았다 해도 구하러 오지는 못했을 거예요. 우리는 노를 저었지만 그 배는 점점 멀어지는 것 같았어요. 쿠엔과 저는 기진맥진해서 더는 움직여지지가 않았어요. 정신을 차리고 수평선을 바라보니 사람들

은 보이지 않고 거대한 원양어선이 수평선 너머로 사라져가고 있었죠.

(1985년 11월 14일 오후 5시경 전재용 사장이 이끄는 참치 원양어선 '광명 87호'는 1년 동안의 조업을 마치고 부산항으로 돌아오고 있었다. 싱가포르 동북쪽 200마일 지점의 남중국해를 지날 무렵 전재용 선장은 SOS를 외치며 조그만 난파선에 타고 있는 베트남 보트 피플을 발견한다. 보트 피플이란 월남의 패망으로 공산화가 된 베트남에서 보트로 탈출한 난민들을 가리키는 말이다.
배 위의 사람들은 손과 옷을 흔들어대며 구조해 달라고 요청을 했다. 그들이 타고 있던 낡은 목선 안에는 식량도 바닥이 났고, 배는 이미 반 침수상태였다. 바다 한가운데서 표류하는 보트 피플을 만난 전 선장은 「관여치 말라」는 회사의 지침과 양심 사이에서 깊은 고민을 한 뒤 멀어져가는 전 선장의 배를 보고 죽음을 받아들이고 있던 보트 피플을 구하기 위해 뱃머리를 돌렸다.
파도에 금방이라도 부서질 듯한 작은 보트 안에서 사흘을 굶은 채로 엉겨 붙어 있었던 96명의 베트남인들을 구하기 위해 「모든 책임은 선장인 내가 진다」는 각오로 96명의 구조소식을 회사에 알리고 전 선장은 부산항까지 열흘을 다 같이 버티기로 한다. 선원 25명의 열흘 식량과 생수로 96명의 베트남인들과 나눠 먹었다.
그들은 25척의 배로부터 외면을 당한 후 전 선장을 만났던 것이다. 부산항에 도착한 즉시 전 선장은 회사로부터 해고통지를 받았고, 기관에 불려가 모욕적인 조사까지 받았다. 그의 결단은 국가라는 조직이 갖지 못한 한 인간의 위대한 승리이자 불후의 업적이다.)

― 쿠엔과 저는 쌀가루를 물에 타서 마시고 기운을 차렸죠.

「쿠엔, 우리도 저 수평선까지 가야 해.」

― 최후라는 절박한 심정으로 둘이 힘을 합쳐 줄을 잡아당겼더니 언제 그랬냐 싶게 모터가 돌아갔죠.

「저 수평선 너머가 큰 배들이 지나가는 뱃길인 것 같아.」

― 수평선을 향해 한 시간을 더 나갔는데도 또 새로운 수평선이 그 자리에 생겨났어요. 우리는 모터를 끄고 잠을 자기로 했죠. 새벽에 강렬한 빛이 저희에게 쏟아졌어요. 캐나다 상선에서 비추는 조명등이었죠. 쿠엔더러 돌아가라고 했지만 그는 막무가내였어요. 쿠엔은 부모의 전사를 알고 있는 것 같았어요. 캐나다에 도착해서 저는 우선 쿠엔의 작은 형에게 편지를 보냈어요. 쿠엔과 함께 캐나다의 수용소에 있다고요. 한 달쯤 후에 쿠엔의 작은형에게서 답장이 왔어요. 쿠엔의 어머니가 살아계시다고 했죠. 그런데 두 눈이 실명됐다고 했어요. 폭탄이 떨어질 때 쿠엔의 아버지와 큰형은 폭사했고, 어머니는 섬광에 눈이 멀었다고 해요. 저는 쿠엔에게 그의 어머니가 살아계시다는 말을 하지 않았죠. 그리움의 고통을 줄 수는 없었어요. 언젠가는 말해줘야 하겠지만요. 난민수용소

생활이 끝날 때쯤 새로 입소하는 행렬에서 탱 소위와 그의 삼촌을 만났어요. 내가 삼촌에게 주었던 금괴 덕분에 수용소를 빠져나왔다고 했죠. 우리 네 사람은 미국행이 결정될 때까지 한 집에서 살았어요. 탱 소위와 결혼을 약속했었는데 그는 고엽제 후유증으로 병원 신세를 지게 되었죠. 탱 소위의 삼촌이 그를 돌보기로 했어요. 저는 가족을 찾기 위해 아버지와 약속한 대로 미국으로 왔구요. 몇 년 전에 탱 소위가 사망했다는 소식을 들었어요. 혼자인 게 제 운명인가 봐요.

먼동이 밝아오는 이른 새벽에 닭 우는 소리가 어둠을 깨웠다. 천 교수와 마이는 서로의 아픔을 나누었다. 마이는 천 교수의 총상을, 천 교수는 마이의 머리를 쓰다듬었다.
— 마이, 이제 과일장사는 접어요. 마이가 잘할 수 있는 게 있으니까. 마침 세탁소 송 사장이 옷 수선공을 구한다고 하니 내가 소개해주리다.
마이가 일어설 때 천 교수가 물었다.
— 마이, 그 이름의 뜻이 뭐지?
— 황금꽃이에요. 베트남에 피는 황금꽃.

부러진 돛대

(3년 후 마이는 미국 월남인협회로부터 한 통의 편지를 받았다. 「당신의 동생으로 추측되는 사람이 살아있다」는 내용이었다. 마이는 미네소타주로 가서 탱을 만났다. 탱은 양자역학에 관한 논문으로 유명인사가 되어 있었다. 그의 일대기가 신문에 실렸을 때, 협회는 베트남인이라는 것에 주목했다.

마이가 미네아폴리스 대학의 연구소로 찾아갔을 때 탱은 마이를 알아보지 못했다. 탱이 기억하고 있는 것은 마이라는 누이 이름과 주스가게뿐으로 부모와 형제자매들의 얼굴을 기억하지 못하고 있었다. 마이 또한 책장 위에 놓여 있는 장난감 병정을 보고 탱이 확실하다고 여겼다.

동생은 무덤덤한 표정이었다. 탱에게는 기쁨과 슬픔의 감정이 남아 있지 않은 것 같았다. 베트남 말도 못한 채 탱은 가족에게 버림받았다는 트라우마로 인해 고통받고 살아왔을 것이다.)

탱의 이름이 T. N.으로 표시되어 협회는 그를 찾아내는 데 삼십 년 넘게 소모한 것이다. 탱의 양아버지인 대목장주 스미스 씨가 무슨 연유로 탱의 이름을 제임스 T.N 스미스(James T.N Smith)로 지었는지 알 수 없는 일이다. 혈육의 친밀감은 사라졌으나 그가 살아 있다는 자체만으로도 마이는 마음의 무게를 덜어냈다.

그러나 동생을 찾은 기쁨보다도 이 슬픈 현실에 가슴이 아팠다. 탱이 부모에 관해 묻지 않아서가 아니라 물어지지 않는 침묵의 상태가 너무나 안타까웠다. 마이는 부모와 두 오빠와 올케들, 그리고 아잉과 조카들을 만나지 못하고 있다.

마이는 이 화백이 그린 퐁니, 퐁넛 마을의 그림을 보았을 때 동생이나 자신이나 살아있다는 사실 하나만으로도 충분하다는 생각이 들었다. 끔찍한 장면이었지만 마이는 그림 속에서 살아있는 자신을 발견했다.

천 교수는 지각한 적이 없는 쿠엔을 기다렸다. 교대시간을 한 번도 어긴 적이 없는 쿠엔이 맥없이 들어왔다.

— 어쩐 일이냐? 쿠엔.

— 등이 좀 아파서요. 사장님, 죄송해요.

— 무슨 일이 있었어?

— 네, 그가 저를 떠밀어서 싱크대 모서리에 등을 부딪쳤어요. 리차드씨가 말리는 저를 세차게 밀쳤죠.

— 뭘 말렸다는 거냐?

— 그가 누나를 때렸어요.

— 때려? 왜?

— 누나가 다시는 집에 오지 말라고 했더니 불같이 화를 냈어요.

— 그래서 세탁소에 출근하지 않았구먼.

— 눈가에 멍이 들어서 며칠간 쉴 거라고 했어요.

— 쿠엔, 네가 본 것을 아무에게도 말하지 말아. 그리고 세탁소에 네가 전화해. 몸이 안 좋아서 이번주에는 일을 할 수 없다고.

천 교수는 끓어오르는 분노를 참느라고 찬 맥주 한 캔을 단숨에 들이켰다.

…… 죽일 놈!

— 가만두지 않을 거예요.

쿠엔이 창고로 가서 활에 시위를 걸면서 말했다.

— 쿠엔, 함부로 나서지 말아. 불쾌한 소문만 마을에 퍼지게 되니까. 그리고 부유한 자들을 이길 재간은 없어. 그들은 유능한 변호사들을 끼고 사니까.

천 교수는 머릿속으로 오만 가지 생각을 하면서 냉정을 찾아갔다.

— 쿠엔, 때가 올 때까지 기다리자. 그때까지는 모른 척하고 있어.

— 그렇지만 용서하지는 않겠어요.

— 알았어, 쿠엔. 용서할 수는 없는 일이지. 그리고 쿠엔 자네도 일주일 동안 쉬는 게 좋겠어. 누이도 돌볼 겸해서 말이야. 밤일은 내

가 대신할게. 그리고 또 한 가지, 이번 일은 나에게도 말하지 않았다고 해. 누이에게.

가을이 깊어지면서 해는 날마다 조금씩 늦게 떠오르고 일찍 저물었다. 이 화백은 서늘한 바람에 거칠어지는 바닷물결을 보면서 가을 바다 위로 솟아오르는 태양의 일출을 그렸다. 새벽의 여명 속에서 리차드의 둘째 아들은 벼랑으로 내려가서 바위틈에 기대어 일출의 장엄함을 카메라에 담고 있었다. 이 화백이 매일 그리는 것처럼 그도 매일 사진을 찍었다. 명 회장의 배는 하얀 돛을 펼친 채 바다에 떠 있었다. 수평선 너머의 일출을 그리던 이 화백의 캠퍼스에 혁명호의 돛은 하얀 빛을 내고 있었다.

새벽녘의 갯바위에서는 박 목사가 낚시질을 하고 있었다. 가끔 거친 파도가 물속의 바위를 치고 올라와서 갯바위를 적시고 물러갔다. 물러간 파도가 다시 달려들 때까지도 박 목사는 꿈쩍하지 않고 서 있었다. 바다로부터 안개가 피어올라 육지를 향해 몰려오는 날은 일출 또한 밝지 않아서 그림의 색깔은 단순해졌다. 리차드의 둘째 아들이 카메라를 메고 바위 틈새로 내려가는 것이 보였다. 그가 찍을 안개 속의 태양의 빛깔 또한 단순할 것이었다. 안개 속에 가려진 바위는 미끄러울 것이었는데 여명의 빛을 타고 웅크린 모양을 한 물체 하나가 그림자처럼 바위 틈새 속으로 내려가고 있었다.

관광객들은 늦잠을 자는지 인적이 없었다. 습기로 인해 물감이 잘

개어지지 않아서 이 화백은 화구를 그대로 둔 채 캔버스를 이젤에 고정시키고 있었다. 그때 벼랑의 바위 틈새 방향에서 외마디 소리가 들려왔다. 정오가 되어 안개가 걷히고 나서 경찰이 낙사한 사람의 시신을 수습했다. 벼랑 위에 노란 금줄을 친 경찰이 철길 옆의 이 화백 가까이 올라와서 물었다.

— 계속 여기에 계셨습니까?

— 새벽에 나왔다가 안개가 심해서 그림을 그릴 수 없었습니다. 이제 다시 나온 것이지요.

— 새벽에 뭐 특이한 것을 목격한 것이 있나요?

— 아니요. 매일처럼 한 청년이 카메라를 메고 벼랑을 내려가는 것을 보았을 뿐입니다.

이 화백은 등이 굽은 사람 같은 어떤 물체가 그의 뒤를 따라 내려갔다는 말은 하지 않았다. 이 해변마을에서 등이 굽은 사람은 쿠엔뿐이었기 때문에 청년 외에는 아무것도 보지 못했다고 말했다. 리차드의 둘째 아들은 실족사로 처리되었고, 바닷가는 다시 조용해졌다.

둘째 아들을 잃은 후에도 리차드의 황금빛 소형 전기차는 정확히 아침 일곱 시 반에 언덕길을 내려갔다가 여덟 시 반에 다시 올라왔다. 1분도 어김없는 왕복이었다. 해변의 식당은 리차드의 아침 식사를 위해 신선한 생선을 준비해두고 있었다. 그의 차가 지나갈 때 쿠바산 고급 시가의 향긋한 냄새가 철길 위로 퍼져나갔다.

겨울이 오면서 우기도 함께 왔다. 북서풍의 바람이 구름을 몰고 올 때는 많은 비가 내렸다. 비 오는 날, 몬트레이 반도는 보이지 않았고 명 회장의 배는 비에 젖은 채 바람에 흔들렸다. 비바람에 철길 아래 언덕의 황금색 양귀비꽃은 자지러져 있었다.

이 화백은 창밖으로 사나워진 바다를 바라보았다. 갯바위의 박 목사는 보이지 않았다. 명 회장 부부가 가방 하나를 들고 철길을 건너와서 이 화백 모빌 홈의 벨을 눌렀다.

— 비를 맞으셨네요? 어서 들어오십시오.

— 미안하오만, 목욕 좀 할까 해서…

— 괜찮습니다. 마침 집사람은 강의에 나가서 저 혼자뿐입니다.

이 화백은 그들에게 목욕탕 문을 열어 보여주었다. 명 회장 부인이 목욕을 하는 동안 이 화백이 말했다.

— 회장님, 이제 겨울도 오고 했으니 그만 육지로 나오시지요.

— 생각은 해봐야겠지. 배가 너무 흔들려서 집사람은 수면제 없이는 잠을 못 자기도 하고…

— 저희 집으로 오세요. 저희 집사람도 외로워하고 있어요.

그때 개 한 마리가 현관문을 긁으며 깽깽대고 있는 소리가 들렸다.

— 명 회장님 개가 왔네요.

개는 물에 젖은 털을 몸서리치며 털어내고 있었다. 명 회장이 타올로 개의 몸을 닦이주며 말했다.

— 이놈이! 배에 남겨놓고 왔더니 기어이 수영해서 쫓아왔구먼.

그들이 다시 배로 돌아갈 때 바람이 잦아든 바다는 조용해지고 있었다. 그새 비가 멎고 서쪽 하늘에 쌍무지개가 피어올랐다. 내일은 맑은 날이 될 징조였다. 황금색 양귀비꽃도 다시 고개를 쳐들고 바다를 향해 웃는 듯이 보였다.

봄날처럼 따사로운 겨울 저녁에는 저 멀리 몬트레이 반도의 검푸른 산맥이 보였다. 이 화백은 황급히 화구를 챙겨 밖으로 나갔다. 철길변의 벤치에서는 은퇴한 노인들이 삼삼오오 모여 담소를 나누고 있었다. 최근 들어 천 교수를 비롯한 지인들이 이곳으로 모이지 않고 있다는 사실이 일깨워졌다.

명 회장의 혁명호는 언제나처럼 물 위에 떠 있었다. 진돗개는 갑판 위에서 서성대고 있었다. 이 화백은 바다 위에 돛단배를 그려 넣었다. 상투적인 구도여서 돛단배를 지우고 있을 때 명 회장의 배에서 두 발의 총성이 울렸다.

곧이어 선실이 폭발했고 배는 순식간에 불길에 휩싸였다. 진돗개가 울부짖고 있었다. 화염 속에서 배는 침몰하고 있었다. 개는 뛰어내리지 않았다. 진돗개는 주인과 함께 불에 타서 죽었다. 침몰한 자리에는 부러진 돛이 황혼 속에서 떠돌고 있을 뿐이었다.

이 화백이 놀라서 비틀거리는 바람에 이젤이 쓰러졌고 물감이 흩어졌다. 담소를 나누던 노인들이 경찰에 연락했고, 그들은 바다를 수색했다. 며칠 동안 캐피톨라 해안은 수색에 동원된 잠수부들과 경찰들로 북적였다. 수색한 바다에서 시신을 찾을 수 없었고, 폭발해서 찢어진 가스통만을 건져냈다.

이 화백은 더 이상 바다를 그리지 않았다. 그릴 수가 없었다. 명 회장의 혁명호가 있던 자리에 거북선을 그려 넣었을 뿐이었다. 거북선의 용머리에서 화약연기가 뿜어져 나왔다. 불에 타버려서 재가 된 혁명호와 산산조각 났을 명 회장 부부의 육신을 생각하니 슬픔보다 더 큰 무엇이 가슴을 누르고 있는 것 같았다.

이 화백은 동쪽으로 뻗어 있는 철길을 따라 하염없이 걸었다. 끝까지 가노라면 출발점인 서쪽의 헨리코웰 레드우드 숲이 나올 것이었다. 지쳐서 돌아온 날 이 화백은 깊은 잠에 빠져들었다.

꿈속에서 좌익의 난 때에 행방불명된 아버지를 보았다. 젊은 모습이었다. 아버지는 포승줄에 묶인 채 끌려가면서 연신 뒤를 돌아보고 있었다. 아버지의 손을 잡으려고 뛰어갔지만 잡히지 않았다. 아버지가 말하고 있었다.

— 영수야, 정의로운 세상은 없어. 좌는 우를 향해서 가는 거고, 우는 좌를 향해서 가는 거야. 제국의 백성이야말로 우와 좌 사이를 서성대는 노예 같은 존재들이야.

이 화백은 새벽에 식은땀에 젖어 깨어났다가 다시 잠들었다. 또 다른 꿈을 꾸었다. 명 회장의 몸이 수만 개의 별이 되어 쏟아져 내리고 있었다. 그 별들이 말이 되어 외치고 있었다.

…… 혁명밖에는 길이 없어… 혁명밖에는 길이… 혁명밖에는…

혁명…

그 별들이 다 쏟아져 내리자 이번에는 또 다른 별들의 무리가 하늘을 맴돌고 있었다. 퐁니, 퐁넛 마을에서 영문도 모르고 죽은 생명들이 서로 엉켜서 울고 있었다. 이 화백은 현주가 흔드는 바람에 눈을 떴다.

— 어디가 아파요? 웬 잠꼬대를 다 하고…

이 화백은 눈을 감고 불길에 휩싸인 혁명호와 주인과 함께 타죽은 개를 떠올렸다. 그리고 이상한 생각이 들었다.

…… 개가 혁명을 한 거야…

현주가 타이레놀과 물 한 컵을 챙겨주고 출근했다. 이 화백은 황망한 상태로 바다를 내려다보았다. 수평선은 항상 그 자리에서 일자로 획을 그어 하늘과 구별하고 있었다. 수평선 위에서 산 자와 죽은 자의 경계선은 보이지 않았다. 스스로 목숨을 끊은 사람의 죽음과 죽임을 당한 사람의 죽음을 구별할 수 없었다. 스스로 죽고자 하는 사람의 공포와 죽임을 당한 사람의 공포가 구분되지 않았다. 뜨거운 쇠붙이가 몸을 관통했을 때 살아있는 수초 동안에 몸이 먼저 죽는지, 정신이 먼저 죽는 것인지 알 길이 없었다.

박 목사는 교회를 열고 시신 없는 장례예배를 드렸다. 그는 부끄러웠다. 갯바위에 서서 너울성 파도가 자신을 휩쓸어가기를 바랐던 자신이 부끄러웠다. 명 회장의 용기 있는 죽음 앞에서 한없이 부끄러워서 다시 살아가기로 작정했다.

— 모든 것을 나누어주시고 무소유의 삶을 살다가 가셨으니 주님, 그를 어여삐 여기시어 주님 곁에 받아주시옵소서. 살아있는 자들 또한 불쌍히 여기시어 자비를 베풀어 주시옵소서.

박 목사가 설교를 하는 동안 천 교수는 눈을 감고 있었다. 옆에 앉은 마이의 흐느낌 소리와 쿠엔의 훌쩍거리는 소리가 듣는 사람들을 더욱 슬프게 했다. 천 교수는 고개를 떨구고 황금을 생각했다

…… 황금 때문에 살아남은 사람이 있고, 황금 때문에 죽은 사람도 있다. 황금이 없어서 살아남은 백성도 있고, 황금이 많아서 멸족을 당한 백성도 있다. 황금이 도대체 무엇이란 말인가? 몬트레이 숲속의 17마일에 걸쳐 산재한 대저택의 소유주들은 얼마나 많은 황금을 갖고 있는 걸까…

황금의 상념은 걷잡을 수 없이 확대되었다. 황금을 주고 탈출한 사람들과 황금에 눈이 먼 자들에게 멸종당한 마야인과 타지마할의 황금궁전 따위가 눈에 어른거렸다. 그리고 마지막으로 리차드의 황금색 소형 전기차를 떠올렸다.

그가 눈을 떴을 때 장례예배는 끝이 났고, 사람들은 박 목사를 중심으로 비통한 이야기들을 나누고 있었다. 누군가가 말했다.

— 캐피톨라 해변을 떠나시는 게 아니었어!

이제 와서 하나 마나 한 이야기일 뿐이었다. 이제 헤어져 각자의 생업현장으로 돌아가 서서히 잊을 시간만 남았다. 평소에 적당히 알고 지내던 사람들은 저마다의 적당한 말로 인사를 나누고 교회

를 빠져나갔다. 명 회장과의 추억이 남은 사람들만이 남아서 정해지지 않은 순서를 마련할 차례였다.

― 총을 돌려달라고 하셨을 때 알아차렸어야 했어.

천 교수는 혼잣말처럼 중얼거렸다.

― 아직 식사 때도 아니고… 어디 가서 차나 한 잔 하시지요.

이 화백은 박 목사를 보며 동의를 구했다.

― 목사님, 오늘은 포도주 한 잔 하셔도 괜찮으시겠지요? 함께 와인 바(Wine BAR)로 가시지요. 아르미다 와이너리(Armida Winery)로요.

그들은 D.M.V 방향으로 길을 건너 캐피톨라 로드를 걸어갔다. 줄을 지어 걸어서 오팔 로드(Opal Road)의 철길 아래까지 왔을 때 철길 옆의 벤치에 앉아서 요트가 사라진 바다를 바라보고 있던 노인들이 그들을 슬픈 눈으로 바라보았다. 모두 검은 옷을 입고 말없이 걷고 있는 일행의 모습에서 자신들의 멀지 않은 앞날이 보이는 것 같아 침묵하고 있었다.

아침나절의 와인바는 텅 비어 있었다. 부인들은 쏘퀠 크릭(Soquel Creek)의 물길이 보이는 창가에 자리를 잡고, 남자들은 카운터에 둘러앉아 와인을 주문했다.

상업노예(商業奴隷)

― 자, 이제 우리의 문제를 논의해보세.

천 교수가 침묵을 깼다.

― 모두들 통보를 받았겠지? 새해부터는 렌트를 갱신할 때 30프로씩 인상한다는 거. 매해 물가 인상률에 따른 5프로에 더해 말이야.

― 나는 아직 봉투를 열어보지 않았는데… 쇼핑센터에서 온 편지가 그것이었군.

김 영사가 입맛을 쩍 다시며 대꾸했다.

― 나는 새해에 렌트를 갱신해야 하는데 참으로 어처구니가 없군. 미스터 저우가 살아있던 시절이 좋았구먼. 렌트비를 제때에 내기도 버거운데 한 번에 그렇게 많이 인상하면 어쩔려구.

세탁소 송 사장이 아내 쪽을 바라보며 어깨를 들어 올렸다.

― 주변 시세보다도 더 받겠다구? 나갈 테면 나가라는 식이군.

그는 다시 아내와 눈을 마주쳤다.

…… 공연히 나서지 말아요. 그마저도 내쫓기면 어쩔려구.
아내는 눈으로 말하고 있었다.
…… 오늘 죽으나 내일 죽으나 마찬가지야.
…… 하기는 동짓달에 죽으나 정월에 죽으나 마찬가지지만요.
…… 그믐에 죽으나 초하루에 죽으나 마찬가지지.
송 사장 부부는 그들이 평소에 나누었던 말을 눈으로 주고받았다.
― 그래서 말인데 우리도 뭔가 행동으로 보여야겠어. 이대로 말라 죽을 수는 없는 노릇 아닌가?
천 교수는 그동안 구상하고 있던 계획의 순서를 도표로 그려가며 설명했다.
― 각개로 말해보았자 씨도 안 먹힐 거야. 그러니 우선 조직을 만들어야 해. 근로자들은 전부 노동조합에 가입되어 있는데 우리에게는 그런 게 없어. 보호받을 그릇이 없어. 소위 자영업자라는 게 말만 사장이지 실상은 상노(商業奴隷)나 다름없다고. 제정러시아의 농노와 다를 바 없어.
자유의지에 따라 상호 계약된 상행위에 있어서 착취와 고용의 개념이 성립되는지를 생각해본 사람은 아무도 없었다.
― 종업원 한둘을 데리고 밤낮없이 일하는데 무슨 사장인가 우리가?
― 우선 조직의 이름부터 지어야겠는데 노 국장, 뭐 좋은 생각이 있으면 말해주게.

노 국장이 머리를 긁적였다.

— 중소상공인협회 정도가 어떨까?

— 중소상공인협회? 너무 거창해.

— 자영업자연대?

— 연대는 좌익의 냄새가 나지.

— 소상인조합? 소상인연맹?

— 연맹은 좋은 말이군. 소상인도 그럴듯하고.

쿠엔은 한국말을 이해하지 못해서 눈만 껌벅이고 있었고, 조나단은 귀를 기울여 어른들의 말을 되새기고 있었다. 그러던 조나단이 와인잔을 내려놓으며 갑자기 한마디 했다.

— 소상인보다 더 작은 말로 영세상인이 좋을 것 같구요. 그래서 영세상인연맹라고 하시면 되겠어요.

조나단이 유창한 모국어로 결론을 내자 창가에 앉아 듣고 있던 부인네들이 박수를 쳤다.

— 젊은 사람이라 금방 알아듣는군. 영세상인연맹, 그럴듯하군. 그런데 영세라면 규모가 애매해져. 연맹, 연대, 조합은 이름이 너무 커. 그냥 상노회라고 할까?

— 김 영사, 가입신청서를 영문으로 만들어주고 쇼핑센터 내의 모든 가게가 가입되게끔 손을 써주게. 가입비나 회비는 없는 것으로 하고. 그들도 우리와 같은 상황일 테니 어렵지는 않을 거야.

와인 바의 백인 주인은 이들이 하는 말이 무슨 뜻인지 알아들을 수도 없는 데다 소란을 제지하기도 거북해서 와인을 더 주문하기만을 기다리면서 팔짱을 낀 채 강물을 바라보고 있었다.

— 오늘은 여기까지만 하자구. 오는 일요일에 다시 모이자구. 참, 김 화백, 팻말과 플랭카드에 글씨 좀 써주시겠소?

— 어려운 일은 아니지요. 일요일에 저희 집으로 오시지요.

— 자, 한 사람이 한 가지씩 구호를 만들어서 이 화백 집에서 다시 만나자구.

일어서기 전에 조나단이 현주를 보며 우려스러운 표정으로 조언을 했다.

— 교수님, 어르신들이 일을 벌이시기 전에 변호사와 한 번 의논해보시는 게 좋겠어요.

— 변호사를 살 비용이 만만치가 않을 텐데. 누구에게 도움을 청할지.

— 모세형에게 부탁해볼게요.

조나단은 이 모임의 계획에 대해 흥미를 갖고 진지하게 동참했다. 이 화백과 현주는 서로 드러내놓고 말하지는 않았지만 초로의 이 가련한 노인들을 도와주어야겠다는 의무감을 공유하고 있었다. 그들은 우선 건넛집에 사는 쿠엔과 마이를 불렀다.

— 쿠엔, 창고에 있는 캔버스를 전부 갖다 주겠어? 그 다음엔 차콜(Charcoal)을 한 부대 사오고 나서 점심때가 되면 차콜에 불을 붙여. 바비큐를 하려니까 차콜에 미리 붙이고 나서 불이 잦아들 때

쯤 갈비를 얹어야 돼. 그래야 타지 않거든.

현주는 12인분의 식사준비와 간식을 만들기 위해 코스코엘 다녀왔다.

— 마이, 파와 마늘을 충분히 넣고 갈비를 재야 돼요. 설탕을 간장과 세븐업에 풀고 고기가 살짝 잠기도록 하고 양파도 썰어 넣으면 완성이 되는 거야.

— 쿠엔, 캔버스를 전부 가져온 거니?

— 네, 화가 선생님이 그렇게 하라고 했어요.

현주는 이 화백을 바라보았다.

— 현주, 이제 그림은 다 그렸어. 명 회장의 배가 다 타 없어진 날부터 그리지 않았어. 이제 더 그리고 싶지 않아.

이 화백은 여덟 개의 20호짜리 캔버스와 두 개의 40호짜리 캔버스를 소파 뒤에 세워놓았다. 일행이 다 모여 잡담을 한 후 구호를 정하고 있을 때에도 조나단과 그의 형은 모습을 드러내지 않았다.

— 한 가지씩 말해보자고.

천 교수가 채근했다.

- 과도한 렌트비 인상을 중단하라.
- 너희의 재산세를 왜 우리가 내야 하느냐.
- 네 재산에 대한 화재보험료를 왜 우리에게 전가하느냐.
- 커먼 익스펜스의 시용·내역을 밝혀라.

• 주차장 수리비를 왜 우리에게 물리느냐.
• 동일업종의 임대를 중지하라.
• 땅은 본디 인디언의 땅인데, 왜 너희가 주인 행세를 하느냐?
• 입간판 사용료 징수를 중단하라.
• 우리는 상노(商業奴隸)다!

정제되지 않은 설명조의 구호들이 쏟아져 나왔다. 이 화백은 이 일에 관해 말할 수 없었다. 랜 로드와 세입자의 관계나 그 내용에 대해 아는 것이 없었기 때문에 아무런 도움을 줄 수 없는 것이 안타까웠다. 오 목사 역시 막연히 듣고만 있다가 자신이 가진 소박한 의문을 말했다.

― 그런데 리차드는 왜 갑자기 그렇게 30프로씩이나 인상하는 걸까요? 무슨 사정이 있길래?

― 사정은 무슨 사정! 그 친구는 지금 산호세 지역에 새로운 쇼핑센터를 건립하려고 하거든. 그래서 거액의 자금이 필요할 것이고, 그 자금조달을 위해서는 은행대출이 필수적인데, 기존 쇼핑센터에서의 수입을 늘려야만 센터의 밸류가 올라갈 것이고, 그에 따라 대출액도 늘릴 수 있고 용이해질 테니…

구호를 정리하지 못하고 있을 때 조나단과 그의 형인 모세가 들어왔다. 조나단의 형은 키가 훤칠하고 잘생긴 청년이었다. 그가 만약 콧수염과 턱수염만 기르지 않았더라면 마치 록 허드슨의 생전 모습과 같다고 착각할 정도였다.

그는 구호의 초안을 읽어보더니 소리 내어 웃었다.

…… 이 노인들은 지금 무엇을 말하려는 걸까? 어디부터 어떻게 이야기를 풀어나가야 알아들을 수 있을까?

난감했지만 말해주지 않을 수도 없었다. 그를 쳐다보고 있는 눈들이 대답을 기다리고 있었기 때문이었다.

— 어르신들, 이슈(Issue)가 너무 다양합니다. 보다 선명하고 집중이 되어 있어야 합니다.

그는 노인들의 얼굴에서 그들이 간절히 하고 싶은 말이 무엇인지 읽어내려고 애썼다.

— 결국은 렌트비를 인하해 달라는 것 아니겠어요? 그리고 유사업종의 입점을 반대하시는 것이고요.

— 결론은 그거야, 맞아.

김 영사가 맞장구를 쳤고, 노 국장이 동조했다.

— 인디언의 땅이니 뭐니 그런 말씀은 랜 로드에게 할 말은 아닙니다. 랜 로드들이 법을 어기는 일은 없어요. 보험료나 재산세 같은 것을 세입자에게 부담시키는 것도 캘리포니아에서는 모두 합법적인 것입니다. 그들이 고용한 유능한 변호사들은 그들이 법을 어기는 계약서를 만들도록 내버려두지는 않는답니다. 보험료나 재산세는 주장을 펴서 사회적 이슈로 만들고, 그것이 확대되어서 주의회가 논의하게끔 하기 위해서는 더 폭넓은 연대가 필요할 것입니다. 수천 개에 달하는 영세상인들이 힘을 합쳐 도시를 마비시킬

정도가 되지 않고서는 의회가 움직이지 않죠. 제정러시아의 농노제도가 혁명의 촉진제가 되기는 했지만 현대에 와서 상호 계약에 따른 상거래가 상노(商業奴隷)로 연결되기 위한 그 무엇이 존재할까요? 아무튼 플랭카드에 한 번 써볼 만은 하겠어요. 생소하지만 자신들의 처지를 요약하는 단어이고, 약간은 자극적이기도 하니까요. 그리고 커먼 익스펜스의 내역을 밝히라는 주장은 지극히 정당합니다. 그러나 그들은 아마도 허점이 없는 장부를 갖추고 있을 것입니다. 또한 동종업종의 입점 반대에 관해서는 제가 계약서를 들여다보겠습니다. 계약서에는 없어도 보통의 랜 로드들은 알아서 그런 짓은 하지 않지만요.

…… 우리가 하려는 일이 효과가 있을까?

천 교수는 이 영민한 청년을 안아주고 싶었지만, 걱정 속에 다소 의기소침해져서 헛기침을 했다.

— 미국은 자유의 나라입니다. 법을 어기지 않는 한 무슨 일이든 할 수 있죠. 어르신들께서 벌이려는 이 일도 불법은 아닙니다. 몇 가지 주의만 하시면요. 의도를 잘 알겠어요. 이슈를 단순화해 주시고, 그것에 맞추어 여론을 환기시켜야 합니다. 두 가지 중에 하나지요. 강력하거나 동정심을 유발시키거나. 그러기 위해서는 먼저 하실 일이 있습니다. 지역신문은 물론 샌프란시스코나 인근 산호세의 유력신문에 미리 정보를 주고 관심을 갖게 해야 합니다. 여러 사람이 의회에 편지를 보내는 것도 한 방법이고요. 렌트비

인하나 유사업종 입점 반대만으로는 임팩트가 약합니다. 보다 자극적인 것을 찾아보세요. 랜 로드의 무슨 비위 사실이나 갑질 같은 것을 찾아서 폭발력을 증폭시켜야 합니다.

천 교수는 리차드가 마이에게 행한 부도덕한 행실과 마이에게 가한 폭행 사실을 말할 수는 없었다. 다만 고개를 끄덕이면서 그 일을 생각할 뿐이었다.

— 끝으로 한 말씀 드리겠습니다. 스트라이크가 합법적으로 이루어지기 위해서는 몇 가지 주의하셔야 할 사항이 있습니다. 우선 랜 로드에게 주장하시는 내용을 통보하시고, 스트라이크에 돌입하시기 전에 협상을 제안하셔야 하고, 경찰서에도 집회신고를 해두셔야 합니다. 또한 시위하실 때에 폭력이나 방화, 파괴 행위 등은 금물이며, 집회에 참가하지 않은 상인들의 영업을 방해하시면 안 됩니다. 일반 고객들의 통행을 막아서도 안 되구요.

이 키 크고 잘생긴 청년은 마치 미리 준비해온 성명서를 읽듯이 거침없이 말한 다음 자리에서 일어났다.

— 언제 한 번 어르신들을 식사에 초대하겠습니다. 조나단을 부모처럼 챙겨주셔서 감사드려요. 예상치 못한 상황이 발생하면 다시 또 도와드리겠습니다. 너무 걱정 마세요. 아무도 하지 못했던 말을 하시려는 어르신들의 용기에 박수를 보냅니다.

…… 이것은 용기의 문제가 아니라 생존의 문제야. 죽지 못해서 하는 것이시…

그들은 모세 같은 청년이 그들 곁에 있다는 것에 고무되었다. 격려를 받았으나 그 자체가 해결책은 아니었다. 모세는 현관문을 열기 전에 부인네들에게 다가가서 일일이 안아주며 위로하고 인사했다. 그는 조나단의 어머니를 떠올리며 밖으로 나갔다. 서늘한 밤공기 속에서 조나단이 그의 뒤를 따랐다. 조나단은 키 큰 형을 올려다보며 안도했다.

— 형, 수고했어. 고마워요.

— 조나단, 훌륭한 분들을 만났구나. 잘 도와드려라.

모세는 서류가방에서 흰 봉투를 꺼내 조나단의 손에 쥐어주었다.

— 조나단, 삼천 달러야. 우선 생활비로 쓰도록 해. 아버지에게는 기대하지도 말아. 나도 소식 끊은 지 오래됐어. 그리고 지금 너의 인턴 자리를 알아보고 있는 중이니까 조금만 기다려. 산호세에는 IT기업이 많아서 인턴십 자리 구하기가 그리 어렵진 않아. 애플에 있는 친구에게 부탁해 놓았거든. 너무 걱정하지 말아. 그렇게 죽을상을 하고 있으면 안 돼. 이 형이 네 곁에 있다는 걸 잊지 말아. 네 학비도 어떻게든 만들 것이니까 공부만 열심히 해. 조나단, 돌아가신 어머니는 네가 의사가 되기를 그렇게 소원하셨잖아.

조나단은 어둠 속으로 멀어져가는 이복형의 뒷모습을 보이지 않을 때까지 바라보았다.

모두가 분주하게 움직였다. 김 영사는 상노회 명의의 가입신청서를 들고 점포를 드나들었다. 똑같은 설명을 하다 보니 외울 지경이 되었다. 베트남 처녀가 운영하는 네일 샵(Nail Shop)과 중년 부부가 주인인 베트남 국수집에서 마이의 신청서를 받아주었다. 세이브 마트(Save Mart)와 오차드사 같은 대형점포는 접촉하지 않았다.

인도인의 아이스크림 집에서는 세 차례 방문 끝에 겨우 서명을 받아냈다. 월회비가 없다고 말했을 때에야 마지못해 서명했다.

대부분의 소형 점포는 동조하고 있었다. 미국인이 주인인 카메라 점과 이집트인이 주인인 귀금속 가게는 망설이고 있었다. 아트 서플라이(Art Supply) 주인은 휴가 중이었고, 피자집 주인은 병이 나서 출근하지 못하고 있었다. 옷가게의 늙은 백인 할머니와 팻(Pets) 가게의 청년은 노골적으로 반대했다.

리차드는 낌새를 알아차렸지만 모른 체했다. 미리 개입할 수도 없었고 아직 손 쓸 일도 없었다.

…… 그들이 힘을 합친다고 한들 무엇을 할 수 있겠는가. 나는 법을 어긴 것이 없어. 저들은 랜 로드의 권리가 무엇인지도 몰라. 집세도 제때 못 내는 주제에.

리차드는 장남을 대동하고 매일 후리웨이 세븐틴의 고갯길을 넘어 산호세로 드나들고 있었다. 그의 황금색 소형 전기차는 가스 값이 나가지 않았다. 그는 안전을 위해 대형차로 바꾸려는 계획을 잊고 있었다. 내도시의 쇼핑센터 부지는 계약 단계에 와 있었으며, 건축을 위한 은행융자도 순조롭게 진행되고 있었다. 다만, 리먼 브라더스 파산 이후 불황이 길어지고 있는 것이 마음에 걸렸다.

천 교수와 상노회 회원들은 박 목사의 사랑의 교회에서 첫 집회를 열었다. 천 교수가 주도했고, 캄보디아인 도넛가게 주인이 적극적으로 나섰다. 상노회에 가입한 40여 명이 빠짐없이 참석한 것이 다행이었다. 박 목사가 기도했다.
— 사랑이신 주님, 저들을 불쌍히 여기시어 저들의 뜻이 이루어지도록 도와주시옵소서. 그러나 저들의 뜻대로 마시고 주님의 뜻대로 하소서.
상인들은 자신들이 불쌍한 처지에 있다는 것이 새삼스럽게 느껴졌다. 그리고 하늘의 뜻이 자신들과 일치하기를 염원했다. 이제 한마디씩 할 순서가 되었다. 결론은 한결같았다. 불황이어서 매상이 줄었다는 것!
— 매상 대비 임대료 비율이 15퍼센트에서 40퍼센트가 되어 감당할 수가 없어요.
코스코나 타겟 등 대형마켓과 가격경쟁이 안 된다는 것!
— 그들에 맞춰 가격을 내렸다가는 한 달도 못 버틸 것입니다.
카메라점 주인은 코스코 탓에 사진현상을 맡기는 고객이 사라졌을 뿐만 아니라 스마트폰에 내장된 카메라 기능 탓에 사진작가 외에는 카메라를 찾는 사람이 없다고 말했다. 수제햄버거는 맥도날드 체인점에 밀려날 수밖에 없는 처지라고 김 영사가 말했다. 도넛과 커피는 던킨 도넛과 스타벅스에 침식당하고 있다고 캄보디아인이 언성을 높였다. 뷰티싸롱의 미용사는 장기간 사용한 캐미칼에 의해 손상되어 붉게 발진된 양볼에 눈물을 흘리며 말했다.

— 재료비가 너무 올라서 감당할 수 없어요.

이십여 년간 그들이 밤낮없이 노동에 시달리는 사이에 세상은 바뀌었다. 그들은 시대의 변화에 적응하지 못한 채 자신들의 처지를 한탄하며 대형마켓과 리차드를 원망하고 있었다. 살아남을 수 없는 규모와 살아남을 수 없는 업종이 되어버린 그들 삶의 터전은 서서히 붕괴되어 가고 있는 중이었다. 어쨌던 캔버스에 빨간색으로 쓰여진 피켓은 정리되었다.

- 임대료 30프로 인상 반대!
- 유사업종 입점 금지!
- 재산세 부과 철회!
- 보험료 전가 폐지!

그리고 「우리는 상업노예다」라는 피켓은 천 교수가 드는 것으로 정했다. 천 교수는 인원이 많을수록 좋으니 종업원을 참가시켜도 좋다고 말했다.

― 그러나 그들에게 피켓을 들게 하지는 마세요.

천 교수는 모세가 일러준 주의사항과 파업일시를 알려준 다음 회의를 끝냈다. 천 교수는 「우리는 상노(商業奴隷)다」라고 써진 피켓을 들고 앞장섰다. 이 화백은 시위대 속에 있었지만 피켓은 들지 않았다. 모든 상황은 경찰에 의해 촬영되고 있을 것이었고, 무관한 자의 동참이 용인될 수 있는 것인지는 알 수 없었다. 이 화백은 행진의 맨 뒤에서 그들을 따르며 그들의 등을 바라보았다. 피곤에 지친 등이었다.

…… 이 시위에서 진정 저들이 외치려는 것은 무엇인가?

…… 생존을 위한 최후의 수단으로서 이것은 마땅한가?

…… 정의로운 자들에 대한 저항인가? 그것은 아닐 것이다.

…… 만인의 개별적인 정의가 하나의 정의로 수렴되는 일은 없다. 하나의 주제에 대한 가진 자의 정의와 저들의 정의는 충돌하여 폭발할 것이다. 좌익의 정의와 우익의 정의는 기찻길처럼 서로 만나지 못할 것이다. 그러므로 또 싸운다. 이길 수 없는 싸움에서 이길 방법은 없을 것이다. 그런데도 승리하기 위해 싸움을 계속한다. 싸움 속에서 정의의 칼에 백성만 죽어 나간다. 결국 죽는 것은 백성이다.

…… 저들은 평등한 세상을 바라는가? 아닐 것이다. 저들은 원대한 내일을 바라지 않는다. 오늘 하루, 그 하루가 저들의 전부야. 애쓴 만큼의 결과를 바랄 뿐이지. 능력이 있는 자와 없는 자의 차이

가 하바나 시가와 쓴 시가만큼은 있다는 걸 저들도 잘 알고 있을 게야. 토끼와 거북이의 경주는 태생적인 불평등이지. 함께 도달할 수 없는 목표를 함께 도달하게 해준다고 하는 것은 좌익의 선동이야.

이 화백은 시위대의 주름 잡힌 목덜미를 바라보면서 전봉준의 실패한 혁명과 박정희의 성공한 혁명을 어떻게 대비할 수 있을 것인지 알 수 없었다. 전봉준의 혁명이 박정희의 혁명과 연결성을 갖고 있는지 가늠이 되지 않았다.

타카라에 출근하기 전의 현주가 다가와 이 화백의 팔을 잡고 걸을 때서야 그는 미몽에서 깨어났다.

― 무슨 생각을 그리 골똘히 하고 계세요?

― 저분들의 뜻이 이루어질까?

― 자유민주국가에서의 시위는 참 평화롭네요.

현주는 단순했다. 그녀의 수묵화처럼 간결했다. 그녀의 수묵화 속에서 여백은 평화로워 보였다.

― 현주, 저분들은 지금 농노들이 굶어 죽지 않기 위해 밭을 갈았던 것처럼 자신들의 처지도 같다고 생각하고 있어. 아마도 저분들이 원하는 자유는 시위의 자유보다도 더 값진 것! 빈곤해지지 않을 자유, 누군가 500불짜리 시가를 피울 때 5불짜리 시가라도 피울 자유, 누군가 가진 소유의 100분의 1이라도 갖고 싶은 자유. 이 땅에서 쫓겨난 인디언들의 자갈밭 황무지에는 목숨을 부지할

자유 외에는 어떤 자유도 존재하지 않았을 것이야. 총을 가진 자와 활을 가진 자의 차이 속에서 평화는 존재하지 않는 괴물일 뿐이지.

현주는 자신이 자유, 평화를 말한 것이 이 화백을 자극했다고 생각했다.

— 너무 깊이 생각하지 마세요.

…… 그러므로 답은 빈곤에 대한 저항으로서의 혁명뿐이야. 그러나 좌익의 담론으로는 혁명이 당위성을 가질 수는 없어.

이 화백은 현주에게 말하지 않았다.

…… 세상에는 죽어 마땅할 자가 있고, 죽어서는 안 될 사람이 있는 법이다.

리차드는 천씨의 면담 신청을 일언지하에 거절한 것을 조금은 후회하고 있었다. 무엇보다 저들에게 양보할 항목이 없었다. 지금까지 주변 시세보다 1할이나 저렴한 임대료를 받았는데, 감사하기는커녕 임대료를 인하하라니 배은망덕한 일이었다. 일곱 형제와 열넷의 자녀들의 뒷바라지는 어떻게 하라고? 그리고 새로운 쇼핑센터의 개척도 힘들어진다. 리차드는 고개를 저었다.

…… 있을 수 없는 일이야.

그러나 저들이 점포 문을 닫고 시위를 할 것이라고는 생각하지 않고 있었다. 리차드는 사무실 앞의 발코니에 서서 시위대를 바라보았다. 오십여 명이 피켓을 들고, 또 다른 오십여 명과 함께 쇼핑센터를 돌고 있었다. 그 모습을 보고 지원과 찬성의 표시로서 경적을 울리며 지나가는 차들도 있었다. 주말마다 이어지는 시위에 참가자들은 점차 지쳐가고 있었다. 현주와 마이는 그들을 위한 간식 준비에 바빴다.

시위에 참가한 점포들은 리차드로부터 무언의 압력을 받았다. 리차드는 아들을 시켜서 계약만료 시 재계약할 것인지를 묻게 했다. 임차인에게 압력으로 느껴지게 하려는 의도였다. 시위에 참여하지 않은 대형마켓이나 체인점에서는 리차드에게 항의하고 있었다. 소상인들의 시위로 인해 매상이 감소하고 있다는 서신을 보내왔다.

리차드는 천씨에게 만나자는 기별을 했다. 천 교수는 리차드의 사무실에 들어서면서 헛기침을 했다. 리차드가 피우는 쿠바산 코하바 시가의 담배연기에서 달콤한 냄새가 배어 나왔다. 천 교수는 원형 테이블의 맞은편에 앉으면서 쓰디쓴 싸구려 시가에 불을 붙였다. 고급 시가와 싸구려 시가의 연기가 천정 아래에서 서로 얽혀 싸우고 있는 것 같았다.

ㅡ 그래, 원하는 것이 무엇이오?

리차드는 냉정해지려고 애를 쓰고 있었다. 또한 랜 로드로서의 위엄을 지키려고 근엄한 자세로 물었다.

ㅡ 원하는 것이 무엇인지 구체적으로 말해보시오.

…… 이자는 다 알고 있으면서 왜 또 묻는 거지?

— 서신에 써 있는 그대로입니다. 임대료를 20퍼센트 낮춰 주시오. 그리고 재계약 시에도 10퍼센트 이상은 무리에요. 도무지 더 버틸 수가 없어요.

리차드는 묵묵히 들으며 시가의 연기를 뿜어냈다.

— 또한 재산세와 보험료는 왜 우리가 내야 하는지 모르겠소.

리차드의 얼굴에 웃음이 감돌았다.

— 나는 법대로 하는 것뿐이오. 법을 어긴 것은 아무것도 없어요.

— 그 법은 잘못된 법입니다. 어째서 당신의 재산을 우리가 책임진단 말이오.

리차드는 소리 내어 웃었다.

— 천씨가 몰라서 하는 얘기지, 우리뿐만이 아니고 캘리포니아의 모든 임대인들은 다 똑같아요. 앞으로 유사업종의 입점은 허락하지 않겠소. 커먼 익스펜스의 사용내역은 수일 내로 프린트해서 보내주리다. 그 두 가지 외에는 나도 어쩔 수가 없소. 가족들과 의논해보기는 하겠지만.

리차드는 가급적 분쟁을 확전시키지 않으려고 여지를 남겼다. 천 교수가 철계단을 내려가는 소리가 들리자, 리차드의 분노가 폭발했다.

— 미친놈들이군. 내가 법을 지키는 한 문제될 건 없어. 아버지 생전 동안 누렸던 혜택은 다 잊어버리고 이제 와서 딴소리를 하다

니! 장사가 잘 될 때 집세를 더 내기라도 했단 말인가. 무엇보다도 내 형제와 조카들을 너희가 뒷바라지할 것이냐?

리차드는 오렌지밭을 개간할 때에 겪었던 가족의 고난과 어머니의 죽음을 생각하면서 식당 옆에 일열로 무성했던 오동나무 자리를 바라보았다.

…… 안 돼. 안 돼. 그렇게는 할 수 없어! 저들의 요구를 들어주면 새로운 쇼핑센터의 개발도 어려워지는데… 한 발자국을 물러서면 백 발자국을 물러서게 되는 것이 세상 이치야.

리차드의 결심은 더욱 굳어져 가고 있었다.

천 교수는 리차드 사무실의 철계단을 단숨에 내려오지 못했다. 총상으로 인해 짧아진 바른쪽 다리 때문에 한칸 한칸 발을 모으면서 내려와 녹이 슨 G.M.C 트럭의 운전대를 잡았다. 짧아진 오른발은 가끔 브레이크에서 악셀로 미끌어져 내렸다.

그는 불길한 예감을 지니고 마이의 모빌 홈을 향해 차를 몰았다. 델리의 김 영사와 코인 라운드리의 노 국장이 기다리고 있었다. 이 화백과 오 목사는 근심 어린 눈으로 식탁으로 옮겨 앉았다. 조나단과 모세는 거실에서 TV를 보고 있다 천 교수에게 다가왔다.

— 돈에 관한 한 양보 못하겠다네. 커먼 익스펜스의 사용내역은 곧 보내주겠다고 하고, 유사업종의 입점도 금지하겠다나. 그건 아무런 성과도 아니지.

— 천 사장님, 그래도 협상의 여지는 생긴 겁니다. 너무 몰아붙이

면 모든 게 깨질 수 있으니 임대료 인하는 20퍼센트에서 10퍼센트로, 그리고 재계약 시의 인상률도 30퍼센트에서 10퍼센트 정도 낮추는 것으로 협상하시는 게 좋을 것 같습니다.

변호사다운 발상이었다.

— 아마도 그는 돈에 관한 한 한 치의 양보도 없을 거야.

— 천 사장님, 그래도 희망을 버리지 마시고 다시 접촉해보세요. 저희는 오늘 이만 돌아가 보겠습니다.

변호사 모세는 동생을 데리고 나가면서 뒤돌아보며 덧붙였다.

— 천 사장님, 그의 아킬레스건을 찾아보세요. 문제가 없는 사람은 없게 마련이니까요.

천 교수는 무언가 사태를 반전시킬 극적인 카드가 있어야겠다고 생각했다.

…… 마이의 일이 아킬레스건이 될 수 있을까? 잘못하면 망신만 당할 수도 있어.

이제 시위에 참가했던 회원들도 한둘씩 떨어져 나가고, 조만간 모든 게 시들해질 것이 뻔했다. 그들의 시위는 주목을 받지 못했다.

…… 임대계약서 불태우기 퍼포먼스를 벌이면 관심을 가질까?

쿠엔이 밤일을 가기 위해 자켓을 걸치고 있었다. 천 교수는 쿠엔을 불러세웠다.

— 쿠엔, 밤에는 항상 긴장해야 해. 또 어떤 놈이 총 들고 나타날지 모르니까.

― 걱정 마세요. 이번에는 실수하지 않아요. 흰 화살도 다 만져놓았어요.

천 교수는 「총은 활보다 빨라」라고 말하지 않았다.

…… 쿠엔의 기를 꺾어놓을 필요는 없지.

― 그리고 쿠엔, 미성년자로 보이면 꼭 신분증을 확인해. 수염을 길렀다고 다 어른은 아니야. 그들에게 술과 담배를 팔면 안 된다는 거 알지? 3년 전에도 함정수사에 걸려 벌금을 내고 1개월간 영업정지를 먹은 적이 있거든. 참! 쿠엔, 한 가지 부탁 좀 할게. 다음 주 시위 때는 오차드에서 건초 한 묶음을 사다가 광장 한가운데 놓아줘. 야채장사할 때 사용하던 손수레가 필요할 거야.

― 네, 알았어요. 사장님.

― 12시 정각까지.

리차드의 아킬레스건을 치는 것은 찾을 수 없었다. 그는 법을 잘 지키는 사람이었으므로 약점이랄 게 없었다. 천 교수는 마이와 둘만 남게 되자, 드러내고 싶지 않은 사실을 걸고 가는 것은 어떨까 하고 초조해했다. 리차드가 마이에게 가한 악행을 폭로해도 그는 무너질 것 같지가 않았다.

…… 그러나 그것은 마이에게도 해가 될 수 있어. 그것으로 몰고 가면 마이는 무슨 낯으로 이 마을에서 살아갈 수 있단 말인가. 다른 사람은 모르게 협상용으로만 쓰면 어떨까?

― 마이, 미안하오.

― 무엇이 미안하신데요?

마이가 어리둥절해서 천 교수의 얼굴을 빤히 쳐다보았다.

― 그런 게 아니고, 내 손에는 지금 마지막 카드가 한 장 있는데, 그게 무언지 맞춰보겠어?

천 교수는 엉뚱한 소리로 말머리를 돌렸다.

― 칠? 럭키 세븐?

― 숫자는 아니고 알파벳 글자 중에 하난데 한 번 맞춰봐요.

마이는 궁리하는 듯 손바닥으로 턱을 고인 채 눈을 감았다.

― 짐작이 안 가요.

― 그럴 테지. 알 수 없는 문제를 내게 돼서 미안하다는 게요.

천 교수는 왼쪽 주먹을 폈다.

― 마이, 여기 손바닥에 글씨가 보여?

― 모르겠어요.

― 잘 봐요. 여기 손금이 세 줄 있잖아? 서로 연결된 선 M(엠)자야.

― 신기하네요.

― M자가 뭘 뜻하는지 알아? 마이의 첫 글자지. 이게 내게 남은 마지막 카드야.

마이는 영문도 모르고 유쾌하게 웃었다.

― 마이, 그나저나 세탁소 일은 좀 어때?

― 진작 해야 할 일이었어요. 송 사장님 내외분들도 참 좋은 분들이고요. 저에게 한 번도 빨리 해라, 잘못됐다고 말한 적이 없어요.

― 그건 마이가 일을 잘해서 그런 게지.

천 교수는 해맑게 웃는 마이의 모습을 뒤로하고 피켓이 실려 있는 트럭의 시동을 걸었다. 해가 서쪽 바다에 잠기고 있었다.

천 교수는 서한을 작성했다. 북가주의 유력 신문사에는 임대계약서 소각에 관한 내용과 일시를 공지했다. 리차드에게는 협박으로 보이지 않게 단순하게 썼다. 이유를 말하지 않았고, 방법을 말하지 않았다.

유력 신문사에서는 날짜와 시간을 확인하는 연락이 왔다. 또한 리차드에게서는 각기 변호사를 대동하고 만나자는 회신이 왔다. 천 교수는 리차드를 만나기 전에 회원들에게 호소했다. 마지막 시위이니 빠짐없이 참가해 달라고 첨부했다.

쿠엔은 토요일 정오에 건초 한 덩이를 싣고 와서 광장 한가운데 내려놓았다. 건초 다발은 철삿줄로 단단히 묶여 있었다. 누군가 철사를 끊어내자 건초 다발은 족쇄를 벗어 던진 검투사처럼 사방으로 부풀어 흩어졌다.

천 교수가 임대계약서를 건초 위에 올려놓자 신문기자들의 후레쉬가 터졌다. 방송사 카메라맨이 인터뷰를 요청했다. 천 교수는 인터뷰를 사양하는 대신 델리의 김 영사가 작성한 유인물을 나누어주었다. 천 교수는 「나는 상업노예다」라고 쓴 피켓을 앞에 놓고 사진을 찍었다.

그때 등이 굽은 한 청년이 계약서에 불을 붙였다. 다소 긴장한 회원들은 한 발짝 뒤로 물러났다. 불은 서류를 태우면서 건초에 옮겨붙었다.

쿠엔은 당황했다. 불길이 이렇게 커질 줄은 예상하지 못한 일이었다. 계약서는 검은 재가 되어 하늘로 날아올랐고, 풀어진 건초 전체에 불이 번지자 화염이 치솟았고, 사진기자들은 다시 사진을 찍었다.

시위에 참가하지 않은 상인들도 영업을 거두고 그 광경을 바라보았다. 불씨가 하늘을 날으며 명멸했다. 멀리까지 날아간 불씨 하나가 상가 모서리에 있는 옷가게 앞으로 내려앉았다. 옷가게 앞의 노천에 있는 옷걸이에서 불꽃이 보이는가 싶더니 바람에 흔들리던 여성의 드레스를 태우기 시작했다. 순식간에 전시된 의류들에 옮겨붙었다.

불은 건물에 닿지 않았고, 출동한 소방대는 불길을 잡았다. 소방차가 아직 다 타지 않은 건초더미에 물을 쏟아붓자 검은 연기가 피어올랐다. 저녁 방송에 보도되었다. 다음날 조간에는 사진과 더불어 기사가 실렸다.

> 영세상인들, 계약서 불태우다
> 화재 위험, 건초에 방화!

주관적 논조와 객관적 논조가 뒤섞여서 독자들을 혼란스럽게 만들었다. 「나는 상업노예다」라는 피켓을 들고 찍은 천 교수의 사진은 편집국에서 삭제되었다. 심층취재가 되지 않은 사건에 애매하고 자극적인 타이틀을 붙일 수는 없는 일이었다.

리차드는 천 교수와 쿠엔을 고발했다. 두 사람에게 소환장이 발부되었다. 천 교수는 쿠엔에게 당부했다.

— 쿠엔, 건초를 사온 것도, 불을 붙인 것도 다 내가 시켜서 한 일이라고 말해야 돼. 사실이 그렇잖아.

쿠엔은 영주권자로서 방화범으로 낙인찍힌다면 추방될지도 모를 일이었다.

— 당신들이 방화를 한 것은 범죄행위요. 특히 건초에 불을 붙인 그 곱추놈을 조사해봐야 되겠어. 물론 당신이 주동자이긴 하지만, 랜 로드의 고발도 있었고, 의류상점도 곧 고소를 해올 것이야. 당신들은 형사적 책임을 질 수도 있어. 물론 옷가게와의 민사적 손해배상은 별개의 문제지만.

법은 칼이었다. 칼이 법인 세상에서는 칼의 현장을 피해 달아나기만 하면 그만일 테지만, 법이 칼인 세상에서는 촘촘한 법의 그물을 빠져나갈 수는 없을 것이었다.

방화의 의도가 드러나지 않았으므로 논쟁이 가열되었다. 천 교수와 쿠엔은 변호사 모세의 충고에 따라 일체 입을 열지 않았다. 모세가 모든 것을 대변했다.

— 방화 의도가 없었다 히더라도 옷가게가 피해를 입었잖소?

187

— 그것은 그들이 옷을 밖에 걸어놓았기 때문이오.
불이 문제가 아니었다. 시위대의 구호가 좌익스럽다는 게 새로운 문제로 부각되었다. 그러나 천 교수가 이십여 년간 상업에 종사하면서 범죄경력이 없었고, 성실하게 세금을 납부해온 사실이 참작되었다.
모세는 경험 많은 동료 변호사의 지원을 받아 사건이 확대되는 것을 가로막고 있었다. 문제는 쿠엔이었다. 그들은 쿠엔을 좋지 않게 보고 있었다.
— 고의적 방화는 아닐지라도 과실에 의한 화재에 대해서는 정식 재판을 받아야 할 것이오.
천 교수는 기소가 되기 전에 리차드와 타협을 해야겠다고 마음먹었다. 다행인 것은 유력신문에서 이 사건을 심층취재하기 시작했다는 사실이었다. 천 교수는 함정에 빠진 기분이 들었다.
…… 함정을 빠져나와야 해.
— 천 사장님, 퍼포먼스가 다소 효과가 있었지만 화재로 인해서 효과가 반감되었어요. 그냥 계약서만 불태웠으면 좋았을 것을… 불길이 커져서 다른 점주들이 위험을 느꼈다고 증언한다면 더욱 불리해질 수도 있습니다. 다행히 신문의 논조가 선의적으로 바뀌고 있지만요.
— 불길이 커지지 않았다면 아무도 주목하지 않았을걸. 종이 몇 장 태운다고 그게 사진에 찍히지도 않았을 텐데…

― 너무 걱정은 마세요. 정식 재판에 가더라도 배심원들의 동정심을 유발시킬 수 있을 겁니다. 벌금형 정도로 막아야죠.

마이와 쿠엔은 근심 어린 표정으로 듣고만 있었다. 모세와 조나단은 마이가 요리한 베트남 국수를 먹고 돌아갔다.

― 마이, 이리 와봐요. 이제 마지막 카드를 쓸 수밖에 없을 것 같아.

마이는 그가 무슨 카드를 쓰려는 것인지 금방 알아차렸다.

― 저는 상관없어요. 우리들의 목적을 달성할 수만 있다면, 이 해변마을에 소문이 되어 알려진다 해도 겁날 건 없어요. 망설이지 마세요. 부끄러울 것도 없고 두렵지도 않아요.

세 번씩이나 사선을 넘나들며 살아온 여인의 담대함이었다. 마이는 눈을 반짝이며 자신이 고난에 처한 이웃들에게 도움이 될 수 있다는 사실에 가슴이 두근거렸다.

― 어떤 일이 닥쳐도 저는 살아남을 거예요. 가족을 찾을 때까지…

천 교수는 즉석에서 리차드에게 보낼 서한을 작성했다. 마이를 구타한 사실만을 적었고, 그 속에 내재된 일은 내비치지 않았다. 그리고 변호사를 대동하겠다고 추서했다.

천 교수가 모세와 함께 리차드의 사무실에 들어섰을 때 리차드와 그의 변호사는 원탁 의자에 앉아 귓속말을 주고받고 있었다. 리차드는 금색의 시가 케이스에서 시가를 꺼내 입에 물었으나 불을 붙이지 않았다. 천 교수도 시가 한 개비를 꺼내 커팅을 한 다음 입에 물고 입술로 돌렸으나 역시 불을 붙이지 않았다. 모세가 먼저 말을 꺼냈다.

모세는 덥수룩한 수염 탓에 더 나이 들어 보였다.

— 고발을 취하해주시기 바랍니다.

— 이쪽에서 고발을 취하한다고 끝날 문제가 아닙니다. 무엇보다 이번 당신들의 시위는 부당한 것입니다. 리차드씨는 법을 어긴 것이 하나도 없어요.

리차드의 변호사는 냉정했다.

— 고발을 취하할 이유는 없습니다.

리차드의 변호사는 리차드의 눈치를 살폈다.

— 정히 그러시다면 우리 쪽에서도 리차드씨를 고발할 것이 있습니다.

리차드의 표정에 변화가 생기는 것을 모세는 읽어냈다. 리차드의 변호사가 리차드와 천 교수를 번갈아 바라보았다.

— 무얼 고발하겠다는 거요?

리차드의 변호사가 메모지를 꺼냈다.

— 전에 이곳 빈터에서 야채와 과일을 팔던 여성을 폭행한 사실을 고발할 예정입니다.

— 리차드씨는 폭행한 사실이 없다고 했소.

— 목격자도 있고, 의사의 진단서도 있습니다.

모세는 물러서지 않았다. 천 교수는 입을 꾹 다물고 지그시 눈을 감고 있었다. 리차드의 변호사는 난감해서 모세에게 시선을 주었다.

― 등이 굽은 그 청년이 목격자입니다.

모세가 주도권을 쥐고 밀어붙였다.

― 가족의 증언은 효력이 없습니다.

― 모르시는 말씀! 그는 가족이 아닙니다.

― 그 곱추놈은 방화범인데 누가 그놈 말을 믿겠소?

― 그건 별개의 문제입니다.

리차드가 갑자기 버럭 화를 냈다.

― 그놈을 반드시 감옥에 처넣게 할 것이오.

천 교수가 번쩍 눈을 떴다.

― 만약 당신이 나와 그 청년을 더욱 괴롭힌다면 모든 사실을 대자보에 써서 캐피톨라 로드와 41번가의 모서리에 붙여놓을 거요.

리차드의 변호사는 「모든 사실」이라고 메모지에 기록했다.

― 자, 오늘은 여기까지 합시다. 두 분 변호사님은 돌아가시고 둘이서 대화를 나누고 싶습니다.

두 변호사가 나가자 리차드는 시가에 불을 붙였다. 천 교수도 시가에 불을 붙였다.

― 천 사장, 우리가 왜 싸워야 하는지 모르겠소.

― 우리는 살아남기 위해 몸부림치는 것입니다.

― 우선 옷가게와 합의해야 할 것이오. 옷값을 배상해주어야지 않겠소? 내가 고발을 취하한다 해도 형사적 책임은 피할 수 없을

거요.

― 당신의 명성과 영향력이라면 단순 실화로 만들 수 있을 텐데…

― 나의 이름을 그런 데 사용할 수는 없어요.

― 그렇다면 당신과 마이와의 성적인 거래에 관한 것을 폭로할 것이오.

― 마음대로 하시오. 하도 측은해서 도움을 준 것인데 무엇이 문제란 말이오. 그리고 합의에 의한 성인들 간의 남녀관계가 미국에서는 전혀 문제가 안 된다는 것을 모로오?

― 그것은 선의의 합의가 아닙니다. 조건부 거래인 것이지. 선의의 합의라고 한다면 마이가 당신의 출입을 거절했을 때 가한 폭행의 의미는 무엇이오?

리차드는 상대가 의외로 세세한 내용까지 파악하고 있는 것에 당황했다. 두 사내는 각각의 시가를 퍽퍽 빨아대며 연기를 내뿜었다. 연기는 또다시 허공에서 얽혀 힘겨루기를 하고 있었다. 리차드는 연기를 바라보며 출구를 모색하고 있었다.

― 폭로하던지 말던지 그건 당신의 자유요. 그렇게 되면 당신들은 이 마을에서 살아갈 수가 없을 것이오.

리차드는 물러서지 않으면서도 적당한 출구가 무엇인지를 더듬고 있었다. 리차드는 마이와의 관계가 알려지는 것은 불쾌한 일이라고 생각했다. 랜 로드로서의 갑질은 악덕한 인간으로 포장되어 명예를 실추시킬 것이었다.

…… 그렇다고 약한 모습을 보일 수는 없지.

— 내가 할 수 있는 일도 한계가 있어요.

천 교수 또한 마이를 위해서는 이 일을 폭로할 수가 없는 노릇이었다.

…… 칼은 칼집에 있을 때가 두려운 법이지. 한계가 있다는 말은 해결해보겠다는 뜻인가?

…… 적당한 선에서 끝내자.

그러자 아무런 성과도 없이 끝난 파업으로 가슴이 쓰렸다. 리차드는 마음속으로 계산했다.

…… 고발을 취하한다고 해서 돈이 들어가는 것은 아니지 않은가. 모든 것을 그 곱추놈에게 뒤집어씌우고 마무리하면 어떨까?

— 여하튼 내가 힘이 될 것은 아무것도 없소.

리차드는 일단 단호하게 거절했다. 성과 없이 끝난 파업은 후유증만 남겼다. 천 교수는 마음이 쓰렸다.

…… 적당한 선에서 끝내자는 것은 쿠엔과 나의 구속만 면하게 해달라는 애걸이 아닌가.

상노회가 이룩한 것은 아무것도 없게 되었다. 렌트비가 미불된 상인들에게는 법원의 퇴거 명령이 내려졌고, 주동한 친구들에게는 재계약 불가라는 통지가 배달되었다. 그들이 퇴거를 당하거나 재계약이 안 된다면 그들이 사업체를 팔 때 챙길 수 있는 영업권의 권리금이 모두 날아갈 판이었다. 천 교수는 이제 더 이상 잃을 게 없다고 생각했다. 좌절 속에서 평안을 찾는 길은 보이지 않았다. 그는 마이의 장래가 걱정되어 대자보를 쓰지 못하고 마지막 카드를 손에 쥔 채 망설이고 있었다. 그는 스스로 파놓은 함정 속에서 허우적대며 깊은 무력감에 빠져들었다.

…… 어쨌던 쿠엔의 추방만은 막아야 한다.

그는 잠 못 이루는 밤을 새우고 리커스토어로 향했다.

— 쿠엔, 별일 없었지?

쿠엔은 밤새워 일한 사람 같지 않게 해맑게 웃었다.

— 쿠엔, 재고조사를 하고 앞으로 3개월간 팔 물량만 주문할 수 있도록 리스트를 만들어주게. 3개월치 이상 되는 재고는 30퍼센트 세일을 해서 재고가 바닥날 때까지 다 팔아버리자구.

쿠엔의 표정이 어두워졌다.

— 쿠엔, 걱정하지 말아. 다른 장사를 시작하면 되니까.

— 사장님, 그나저나 리차드가 가져가는 쿠바산 코하바 시가가 다 떨어졌는데요.

— 쿠엔, 그 시가는 더 주문하지 말아.

— 리차드가 찾으면요?

— 아마 다시 그 시가를 찾는 일은 없을 거야. 비싸서 그런지 일반인들이 잘 사가는 것도 아니니.

나무상자에 가지런히 담겨 있는 시가는 400불이 넘었다. 최저임금에 시달리는 멕시코인들의 주급에 해당하는 가격이었다. 리차드는 일주일에 한 케이스씩 가져가서 밀린 월세를 까나갔다. 그의 피붙이들은 수시로 드나들며 음료수와 주류로 밀린 월세의 남은 금액을 채우고 있었다.

— 이삼 일 내에 재고를 파악해둘게요.

천 교수는 쿠엔의 굽은 등을 쓸어주었다.

— 이제 등은 안 아파?

— 네, 다 나은 것 같아요. 어쩌다가 가끔 어떤 자세가 되면 통증이 느껴지기는 하지만 재고조사하는 데는 문제가 없어요.

— 다행이야. 고맙구나, 쿠엔. 어서 들어가서 쉬어. 피곤할 테니.

쿠엔은 창고에 있는 서랍장에서 스테인리스 숟가락을 한 개 갖고 왔다.

— 사장님, 이 숟가락 한 개 가져가도 돼요?

— 거기 있는 것 다 가져가도 돼.

— 두 개면 돼요.

— 무엇에 쓰려고? 집에도 있을 텐데.

— 한국 숟가락이 딱이에요. 화살촉을 만들기에는.

…… 쿠엔은 자나 깨나 활 생각이로구나.

— 참 쿠엔, 요즘에도 리차드가 아침마다 캐피톨라 언덕길로 내려가니?

— 네, 그는 황금빛 소형 전기차를 몰고 일곱 시 반에 집을 나와서 천천히 해변길을 내려가죠. 그리고는 정확히 여덟 시 반에 올라오

죠. 시가를 입에 물고 쇼핑센터로 향하죠. 1분도 어김이 없어요. 비가 오는 날이나 안개 낀 날이나.

…… 그렇구나. 고소, 고발을 취하하지 않는다면 결판을 내는 수밖에 없어…

— 아직 마티나가 안 오네요.

— 내가 인계해줄게. 쿠엔은 어서 들어가봐.

천 교수는 녹슨 G.M.C 트럭을 단장하기 위해 바디샵으로 향했다. 검은색으로 도색하기로 했다.

— 도색비가 차값보다 더 나오겠습니다.

— 상관없어요. 이래 봬도 엔진은 아직 튼튼하다니까. 도색도 도색이지만 운전석 시트를 앞으로 조금 당겨 붙여주시오. 더 당겨지질 않아. 오른쪽 다리가 짧아져서 그런지 가끔 발이 미끄러져 내려서 몇 번이나 사고가 날 뻔했다니까.

— 얼마나 당겨야 될까요? 차에 한 번 앉아보시겠어요? 그리고 몸을 앞으로 옮겨서 편안한 자세로 다리를 뻗어주시고요.

바디샵 주인은 엉덩이만 걸쳐진 시트 사이의 공간에 줄자를 대고 엉덩이와 등받이의 거리를 쟀다.

— 6인치는 당겨야겠는데. 그렇게 되면 핸들과 가슴이 거의 닿겠어요.

— 차에 오르고 내릴 때 불편하겠네. 그러면 3인치만 당겨 붙여주세요. 가끔은 다른 사람이 운전할 때도 있을 것이고…

…… 사고를 내기 위해 차를 새로 칠하고 수리하는 사람은 없지. 새로 단장한 차가 사람의 눈에는 잘 띄겠지만, 마음속까지 들여다 볼 수는 없을 테니…

천 교수는 차를 맡기고 다리를 절며 천천히 마이의 집으로 향했다. 세탁소로 출근한 마이의 집 소파에서는 귀가한 쿠엔이 잠들어 있었다. 다소 검기는 했으나 잘생긴 얼굴이었다. 천 교수는 쿠엔이 잠에서 깨지 않도록 조심스레 마이의 침실로 들어가 누워서 천정을 바라보았다.

아내가 말하고 있었다. 아내의 맑은 눈에 이슬이 맺혀 있었다. 젊을 때 한눈에 반한 크고 투명한 눈이었다.

…… 살의를 거두세요.

…… 그는 살고 당신만 죽을 수 있어요.

…… 설령 그가 죽는다 해도 변할 것은 아무것도 없어요.

…… 그의 잘못만도 아니에요. 그는 세상의 법대로 살 뿐이에요.

…… 살아서 이겨야 해요.

…… 리커스토어를 접으세요. 문을 닫아요.

…… 집 페이먼트도 끝났으니 집을 파세요.

…… 그 돈으로 당신의 여생을 보살펴요.

…… 마이와 결혼해서 그녀의 가족을 찾아주고 당신의 노후를 마이에게 맡기세요. 지금 당신이 누워 있는 이 자리가 당신의 보금자리에요.

…… 여보, 저를 따라오지 마세요.

천 교수는 눈가의 눈물이 말라붙는 것을 느꼈다. 온몸의 근육이 다 빠져나간 것처럼 기력이 없었고 졸음이 밀려왔다. 비몽사몽간에 그날의 장면이 떠올랐다.

아내는 카운터에 엎어져 있었다. 키가 큰 백인놈은 두 번째 총을 발사했다. 천 교수가 주저앉자 쿠엔이 화살을 날렸다. 화살은 빗나갔다. 천 교수는 조심스럽게 다가오는 인기척에 잠에서 깨어났다.

— 더 주무세요, 천 사장님.

세탁소에서 돌아온 마이가 침대 곁에서 말했다.

— 내가 잠들었었군. 몇 시오? 마이.

— 제가 세 시에 퇴근했으니까 지금은 세 시 반쯤 되었을 거예요.

— 가봐야 해. 다섯 시에 리차드를 만나기로 했거든. 모세가 이리로 날 데리러 올 시간인데…

— 힘내세요, 사장님. 모든 것을 버린다고 생각하세요. 버리고 나면 힘이 생겨요. 사람이 살아있는 한 어떻게든 살아가게 마련이니까요. 저와 쿠엔이 지켜드리겠어요.

마이가 천 교수를 위로하고 있었다.

— 마이, 내 자켓을 좀 갖다주겠어?

천 교수는 안주머니에서 반으로 접혀 있는 커다란 서류봉투를 꺼냈다.

― 마이, 내 청을 하나 들어주오. 약속을 해야 하오. 이 봉투는 일주일 후에 열어보도록 해요.

천 교수의 억양 속에 간절함이 배어 있었다.

― 이게 뭔데요?

마이는 막연한 기대감과 불안감이 섞여서 혼란스러웠다.

― 말씀대로 할게요. 궁금하지만요.

― 뜯어보면 알 것이니, 약속을 지켜야 하오.

― 약속할게요.

마이는 봉투를 받아서 침대 옆의 탁자에 올려놓았다.

창밖의 벼랑 아래에서는 단애에 부딪친 파도가 큰소리를 내며 울고 있었다. 천 교수는 마이의 집을 나와 모세의 차에 오르면서 손을 흔들었다. 그리고 이것이 마이와 쿠엔과의 마지막일지도 모른다는 생각이 들었다. 현기증이 났다.

― 천 사장님, 안색이 안 좋으세요. 어디 편찮으세요?

― 조금 어지럽군.

― 저 혼자 가도 될 것 같아요. 돈에 관련된 것은 모두 양보하고 사장님과 쿠엔의 안전만 받아내겠어요. 그 마지막 카드라는 걸 대강 말씀해주세요.

리차드와 마이의 일을 다 듣고 난 모세는 무릎을 쳤다.

― 되었습니다. 그걸로 그의 아킬레스건을 끊을 수 있습니다. 사장님과 쿠엔의 안전뿐만이 아니라 퇴거조치도 막아보겠어요.

― 마이가 걱정이 되어서…

― 물론이지요. 실제로 폭로할 수는 없는 일이지만, 저까지 알고 있다는 것을 들으면 굴복할 거예요. 오늘 말로 해서 안 되면 정식으로 서면을 보낼 거구요.

― 차라리 사장님은 오늘 같이 안 가시는 게 낫겠습니다.

천 사장의 집 앞에 내려주면서 모세가 말했다.

― 트로이의 목마네요. 그렇지만 부메랑이 되어 돌아오지는 않게 하겠습니다.

천 교수는 수리한 트럭의 운전석에 앉아보았다. 3인치 당겨진 운전석 시트에 앉아 짧아진 다리를 뻗어보니 브레이크의 페달이 적당한 간격으로 닿았다. 검은색으로 도색한 차는 태양 빛에 반짝여 마치 새로 출고한 차처럼 산뜻했다. 그는 또 한 번 되뇌었다.

…… 차를 수리한 사람이 고의로 사고를 내는 법은 없지.

부슬부슬 비가 내리는 도로 위에서 새로 갈아 낀 타이어는 브레이크의 명령대로 작동되었다. 그는 잠을 충분히 자두는 게 좋을 것 같다고 생각했다. 자켓도 벗지 않고 침대에 누워 잠을 청했다.

아침까지 먹구름이 끼어 큰비가 쏟아져 내릴 것 같았다. 기온이 떨어져서 차의 앞 유리에 성에가 내려앉아 있었다. 천 교수는 시동을 걸고 성에가 걷힐 때까지 기다렸다. 여덟 시 반이 될 때까지 삼십 분이 남아 있었다.

피우다 만 시가에 불을 붙인 다음 차창 문을 내렸다. 바람이 불어 찬 빗줄기가 열린 창문으로 들이쳐서 그의 왼쪽 어깨와 허벅지를 적셨다. 천천히 차를 몰아 캐피톨라 로드와 오팔 로드가 만나는 삼거리 공터에 차를 세우고 다 타들어간 시가를 창밖으로 던졌다. 그리고 한 개비 남은 마지막 시가를 커팅하고 다시 불을 붙였다. 5분 전이었다. 백미러를 보니 쿠엔이 비를 맞으며 걸어오고 있었다.

— 사장님, 왜 여기 계세요? 집으로 들어가시지 않고. 마이 누나는 아직 출근 전일 텐데요.

— 먼저 들어가서 눈 좀 붙여. 담배를 피운 다음 들어갈게. 쿠엔, 손에 든 건 뭐야?

— 화살촉입니다. 다 만들었어요. 스텐이라 녹도 안 슬고 좋겠어요. 대못으로 만든 화살촉은 가벼워서 멀리 보낼 수가 없거든요.

— 잘 날아가면 가게에 있는 숟가락을 다 갖다 만들어도 괜찮아.

— 아니에요, 두 개로 다 만들었어요. 곧 들어오실 거죠?

쿠엔은 모빌 홈에 들어서자 부엌으로 가서 커피포트의 커피를 따랐다.

— 누나, 무슨 편지에요?

— 음, 천 사장님이 내일 읽어보라고 한 편진데, 하루를 더는 못 참겠어.

서류봉투 속에는 보험증서와 편지 한 장이 들어 있었다. 백만 불짜리 생명보험 증서에는 수령자가 마이로 되어 있었다.

— 마이, 만약에 나에게 무슨 일이 생기면 내 집을 마이에게 주겠어. 거기 가서 살아. 총격사건에 대한 주정부 보상금도 최종수령자를 마이로 해두었어. 마이, 쿠엔은 베트남으로 돌려보내는 게 좋을 것 같아. 쿠엔의 어머니가 실명한 채로 살아계시다니 쿠엔이 그 어머니의 눈이 되어주어야 할 테니.

편지를 읽는 마이의 손이 점차 세차게 흔들렸다.

— 마지막으로 조나단이 의과대학엘 갈 수 있도록 도와주면 좋겠어. 의사가 되면 가난한 이들을 치료해주라고 해요. 다 읽었으면 편지는 불에 태워.

서명 아래 한 줄 추서가 써 있었다.

— 마이 가족을 찾을 때까지 함께 있어 주지 못해 미안하오.

마이는 벌떡 일어났다.

— 누나, 왜 그래요? 천 사장님이 트럭에서 시동을 건 채 시가를 피우고 계시던데요. 다 피우고 들어오신다고 했어요.

마이는 일어선 채 부들부들 떨고 있었다. 전기에 감전된 사람처럼 머릿결이 일어섰다.

— 안 돼! 안 돼! 쿠엔 빨리! 이 선생님을 불러!

마이는 맨발로 삼거리를 향해 뛰어갔다. 그러나 천 교수의 트럭은 이미 캐피톨라 로드의 경사진 길을 따라 서서히 내려가는 중이었다. 그들의 눈에 해변가의 청동기 색을 칠한 식당을 돌아 나오는 황금색 전기차가 보였다.

여덟 시 삼십 분 2초! 2초의 차이였다. 리차드는 서행 중에 시가에 불을 붙이고 있었다. 리차드의 차가 언덕길로 들어서는 순간 천 교수는 악셀을 힘껏 밟았다. 기찻길 아래 옹벽 쪽으로 핸들을 꺾었다.

차와 차가 부딪치는 소리와 차가 옹벽에 부딪치는 소리가 합쳐져서 큰소리가 났다. 해변의 작은 모텔에서 잠자던 관광객들이 창문을 열고 내려다보고 있었다. 관광객들은 맨발로 뛰어 내려가는 여자를 보았다. 마이는 정신없이 뛰어 내려갔다. 이 화백과 쿠엔도 뒤따라가고 있었다.

황금색 소형차는 검은색 트럭과 회색 옹벽 사이에 끼어 파리채에 맞은 파리처럼 들러붙어 있었고, 트럭의 운전자는 운전대에 가슴이 처박혀 있었다. 5분도 지나지 않아서 경찰들과 소방차가 몰려왔다. 트럭을 들어내어 운전자를 끌어내렸다. 알루미늄 호일처럼 구겨진 소형차는 용접기로 절단하여 체구가 큰 사람을 건져냈다. 언덕 아래와 위에 금줄이 쳐졌고, 경찰은 금줄 안의 구경꾼들을 금줄 밖으로 몰아냈다. 마이는 천 교수의 양팔을 잡고 울부짖었다.

— 안 돼요! 안 돼요!

— 밖으로 나가시오.

마이는 경찰의 제지를 뚫고 구급차로 달려갔다.

— 나는 가족입니다. 가족!

천 교수는 잠시 눈을 떴다가 감았다. 몸에 아무런 상처도 보이지 않았기 때문에 평온히 잠을 자는 사람 같아 보였다. 운전대와 등받이 사이에 낀 그의 흉골이 무너져 버려 숨을 쉴 수가 없었다. 그의 폐로 더 이상 공기가 드나들지 않았다. 아내의 슬퍼하는 눈이 보였다가 사라졌다.

…… 마이.

두 남자가 각각 구급차에 실릴 때 마이는 실성한 사람처럼 뛰어 올라탔다. 마이는 천 교수의 곁에서 손을 잡고 울부짖었다.

─ 안 돼요! 안 돼!

마이는 산소호흡기를 꽂은 천 교수의 손이 점차 식어가는 줄도 모르고 절규하고 있었다.

> 경찰서에 출두 중인 트럭 운전자가
> 빗길에 미끄러져 사고가 나다!
> 쇼핑센터 오너, 리차드씨는 중상!
> 트럭 운전자는 사망!

캐피톨라 신문의 제목이었다. 천 교수의 시신을 그의 아내 곁에 매장할 때 박 목사가 기도했다.

─ 그는 생전에 불의에 맞서 싸웠으나 정의를 이루지는 못하였나이다. 주님, 그의 정의가 산 자들에게도 스며들게 하여주옵소서.

아멘.

헛된 기도였다. 이룰 수 없는 것을 이루려는 자에 대한 죽음의 내막을 살아있는 자들이 알 길은 없었다. 마이는 기진맥진하여 밥을 넘기지 못했다. 가까운 지인들은 허탈해서 쉽게 헤어지지 못했다. 쿠엔은 틈만 나면 울었다. 그의 울음은 그쳐질 것 같지 않았다. 자신을 알아주던 유일한 사람이었다. 침묵 속에서 지인들은 거의 떠나고, 이 화백과 조나단만이 남아서 마이를 지켜주고 있었다.

현주가 죽을 끓여와서 마이를 먹게 했다. 마이는 천 교수의 유언장과 같은 편지를 이 화백에게 보여주었다.

— 조나단, 천 교수 말씀이 자네를 의과대학에 보내라고 했네. 평소에도 말씀하셨어. 치과의사가 되어서 이 없는 노인들을 치료해주라고. 치과보험에 가입도 할 수 없는 가난한 노인들은 잘 먹지도 못한다고. 이를 만들어 넣으려면 집을 팔아야만 할 정도라더군.

조나단은 마이에게 시선을 주었다.

— 조나단, 걱정 말아. 천 사장님이 유산을 남겨주셨어. 조나단의 학비를 대주라고. 조나단, 이제부터 나를 누이로 생각해줬으면 좋겠어.

조나단은 햇살에 반짝이는 바다를 바라보았고, 쿠엔은 리커스토어로 출근했다. 그해 겨울은 길었다. 리커스토어 진열대는 점차 빈자리가 많아지고, 창고의 재고도 바닥을 드러내고 있었다. 쿠엔은 경찰서와 법원에 불려 다녔다. 변호사 모세는 두 가지를 부각시켰다.

— 종업원의 입장에서 주인의 지시를 따르지 않을 수 있느냐? 여러분들이라면 어떻게 했겠느냐? 지금 주인은 죽고 없다. 죽은 사람의 증언을 들을 수 없으니 쿠엔의 증언이 전부인데 일자무식이고 영어를 할 줄 모르니 주인에게 의사표시를 제대로 할 수 없었을 것이다.

— 그는 베트남 보트 피플로서 전쟁 중에 부모를 잃었다. 자유세계가 그를 포용해주지 않는다면 그는 갈 곳이 없다.

모세는 동정심이 유발되도록 쿠엔의 탈출 경로를 비극적으로 묘사했다. 배심원 중에는 눈물을 흘리는 여자들도 있었다. 결국 벌금형으로 결론이 났다. 벌금액은 모세가 대납했다. 쿠엔이 그간 모은 돈을 주었으나 변호사는 받지 않았다.

— 쿠엔, 부자가 되면 갚아.

쿠엔은 리커스토어 문을 열지 않았다. 창고에 틀어박혀서 두 무릎 사이에 얼굴을 묻고 흐느껴 울었다. 어디서부터 무엇이 잘못되었는지 정리가 되지 않았다.

쿠엔의 활

…… 건초를 사다드리는 게 아니었는데…
…… 건초에 불을 붙이는 게 아니었는데…
…… 삼거리에서 만났을 때 그냥 집으로 들어가는 게 아니었는데…
그의 눈물 속에서 오차드 서플라이 하드웨어 창고 앞에 야적된 산더미 같은 건초더미가 어른거렸다. 쿠엔은 공구박스에서 줄을 찾아 화살촉을 갈았다. 한국 수저를 두드려 펴서 만든 화살촉은 예리했고 빛이 났다.

쿠엔은 화살촉을 대나무 화살대에 끼어 넣고 테이프로 감았다. 대의 무게와 촉의 무게가 균형을 이루고 있는지 손에 올려놓고 가늠해보았다. 그간의 경험으로는 무게 중심이 촉에 가까워야 더 멀리 똑바로 날아갈 수 있을 것이었다.

무게의 중심이 가운데 있었다. 쿠엔은 깃을 빼내고 3인치를 잘라낸 다음 다시 깃을 달았다. 무게의 중심이 촉으로 가까워졌다. 3피트의 화살이 완성되었다.

쿠엔은 음식 포장용 기름종이를 잘라 꼬아서 심지를 만들었다. 시험 삼아 한 개를 불에 붙여보았다. 심지는 타들어가다가 이내 꺼졌다. 쿠엔은 심지들을 석유에 담갔다가 꺼내 다시 불을 붙여보았다. 불꽃은 꺼지지 않고 타들어갔다. 쿠엔은 심지들을 촉 아래에 묶었다.

못에 걸린 활을 꺼내 시위를 튕겨보니 팽팽했다. 더 팽팽하게 만들기 위해 시위를 좀 더 당겨 매었다. 쿠엔은 창고의 뒷문으로 나가서 건초더미가 있는 곳까지 걸어갔다가 되돌아왔다. 갈 때도 130보, 올 때도 130보였다. 고개를 숙인 채 땅만 보고 걸어서 누가 스쳐 지나가는지는 알 수 없었다.

자정이 넘자 배가 고팠다. 쿠엔은 매운 라면을 끓여 먹고 나서 양주 한 잔을 들이켰다. 라면을 먹을 때 천 사장 사모님 생각이 나서 또다시 훌쩍거렸다. 새벽 두 시가 되자 인적이 끊겼고, 차량의 통행도 뜸해지고 있었다. 쿠엔은 리커스토어 뒤쪽에 세워져 있는 사다리를 타고 지붕으로 기어 올라갔다. 구름에 초승달이 가려서 사방이 깜깜했다.

점포들의 네온 빛만이 어둠을 밝혀주고 있었다. 쿠엔은 냉방용 팬(Fan) 박스에 기대어 130보 떨어진 건초더미 방향을 응시했다. 쿠엔은 불에 타던 고향집의 불길을 생각했다. 그는 이윽고 화살 끝의 심지에 불을 붙였다. 인디언의 활은 초승달처럼 휘어지고 불화살은 빠른 속도로 어둠 속을 날아갔다.

구름이 지나가고 난 자리에서 초승달이 희미하게 빛을 내리고 있었다. 쿠엔은 지붕에 엎드려 주위를 살폈다. 10여 분이 지났는데도 아무런 변화의 기척이 없었다. 쿠엔은 화살을 한 개 더 가져오려고 사다리를 잡았다. 사다리를 잡고 몸을 돌리는 순간 130보 저편 방향의 불꽃을 보았다.

쿠엔은 다시 지붕에 몸을 밀착시키고 불꽃이 일어나기를 기다렸다. 순식간에 불기둥이 솟고 죽지 않은 불씨들이 사방으로 날았다. 북서 바람을 타고 쇼핑센터는 불길에 휩싸이고 있었다. 쿠엔은 소방차의 싸이렌 소리를 들으며 양철집을 향해 걸었다. 소방차와 경찰이 몰려 있는 캐피톨라 로드와 41번가를 피해 44번가의 뒷길로 내려가서 해안가로 향했다. 집으로 들어서려다가 생각을 바꾸어 집 앞의 녹슨 기찻길을 따라 새벽길을 걸었다.

긴 겨울밤은 아직 동쪽으로부터의 여명을 보이지 않고 있었다. 기찻길을 따라 서쪽을 향해서 계속 걸으면 기차의 출발지점인 헨리 코웰 파크의 레드우드 숲에 닿을 것이었다. 쿠엔은 쏘퀠 크릭 위의 철길을 지날 때 활과 화살통을 강물에 던졌다.

…… 활이 총을 이길 수도 있어. 활은 소리가 나지 않아…

두어 시간을 걷자 여명이 밝아왔을 때 안개 낀 숲에 도착했다. 쿠엔은 눈여겨두었던 천 년 고목의 내부가 텅 빈 공간으로 들어갔다. 직경이 십오 피트 남짓한 레드우드의 내벽은 불에 그을려 검게 칠한 천 사장님의 G.M.C 트럭 같았다.

저 먼 옛날 아메리칸 인디언이 모닥불을 피워놓고 잠들었을 속이 빈 레드우드 속에서 쿠엔은 잠이 들었다. 쿠엔은 잠 속에서 어머니를 만났다. 앞을 보지 못하는 어머니는 별사과를 따려고 팔을 내젓고 있었다.

…… 쿠엔, 돌아와. 불쌍한 내 새끼. 어서 내 곁으로 돌아오렴.

어머니의 손을 잡으려고 할 때 사람들 발자국 소리에 놀라 눈을 떴다. 누군가가 파낸 사각의 작은 창을 통해 눈부신 아침햇살이 쏟아져 들어오고 있었다.

쿠엔은 이번에는 동쪽으로 뻗어 있는 철길을 따라 양철집으로 향했다. 서쪽 하늘에서는 아직도 검은 연기가 뭉개구름처럼 피어오르고 있었다.

— 늦었구나, 쿠엔.

— 누나, 레드우드 숲에 갔었어요.

— 쇼핑센터가 잿더미가 됐어. 그곳에 없었길 다행이야. 걱정했어.

화재감식반은 발화원점에서 화재원인을 찾으려고 많은 인력을 동원하고 있었다. 시간이 지날수록 화재원인은 발견되지 않았고 사건은 미궁에 빠졌다.

쿠엔과 변호사 모세는 경찰서의 책상 앞에 앉아서 담당자를 기다렸다.

― 지난번 시위 때의 일은 다 끝났는데 왜 또 소환하는 것이요?

― 그건 그렇지요. 쿠엔, 활을 잘 쏜다며? 그 활은 어디 있나 지금?

― 버린 지 한참 되었어요.

― 어디에?

― 쏘퀠 크릭에요. 벌써 바다로 흘러갔을 텐데요.

― 쇼핑센터가 불타던 날 어디 있었지?

― 집에요.

모세가 강력하게 항의했다.

― 지금 무얼 조사하려는 게요?

― 저희도 골치 아파요. 그날 새벽에 불덩이 하나가 날아가는 것을 보았다는 사람이 있어요. 택시기사죠.

― 유성인게지요.

― 집에 있었다니 됐어. 나중에 알아보아야겠지만 오늘은 이만 돌아가세요.

모세는 쿠엔을 데리고 마이의 집으로 갔다. 쿠엔은 왠지 침울해져서 제 방으로 들어가 버렸다. 모세는 마이와 함께 이 화백의 집으로 갔다.

― 쇼핑센터에 화재가 난 날 밤에 쿠엔이 집에서 잤어요?

마이는 얼굴이 하얘져서 대답을 못하고 머뭇거렸다.

― 대책을 세워야겠어요. 경찰이 쿠엔을 의심하고 있어요. 활에 대해서 물었죠.

마이는 쿠엔이 벌인 일이라는 것을 직감했다.

— 쿠엔이 집에서 잔 흔적을 만들어야 합니다. 그렇더라도 만약에 발화지점에서 화살촉 같은 게 발견된다면 그땐 끝입니다. 화재가 난 날 새벽에 41번가를 지나던 택시기사가 날아가는 불덩이를 목격했다는군요.

마이는 숨이 멎을 것 같았다. 쿠엔이 어릴 때 숲에서 미군 병사를 쏘았던 기억이 되살아났다. 마이는 의자에 덥석 주저앉았다.

— 마이, 너무 걱정 말아요. 증거가 없으면 함부로 하지는 않아요. 조사가 끝나려면 시간이 한참 걸려요. 무엇보다도 중요한 것은 그 시간에 쿠엔이 집에서 잤다는 사실이니까.

마이는 쿠엔이 집에서 잔 것이라고, 자는 것을 보았다고 다짐했다. 현주가 냉수 한 컵을 따라 마이에게 건넸다. 이 화백은 사태가 심각하게 전개될 것 같은 예감이 들었다.

— 내 생각엔 어쨌던 쿠엔을 어머니에게 돌려보내는 것이 좋을 것 같군요.

마이는 집으로 돌아와서 쿠엔의 방문을 열었다. 쿠엔은 책상에 엎드려 울고 있었다.

— 쿠엔, 울지 마. 너는 그때 집에서 잤잖아? 나는 네가 집에서 자는 걸 본 사람이야.

쿠엔은 눈물에 젖은 얼굴로 마이를 바라보았다.

— 활은 어디에 있니?

— 강물에 버렸어요.

— 네가 거리를 지날 때 너를 본 사람은 없었어? 네가 활을 어깨에 걸쳤었다면 기억하는 사람이 있을 줄도 몰라.

쿠엔은 고개를 가로저었다.

— 그럴 리 없어요. 누나, 활을 네 토막으로 잘라서 맥주박스에 넣었으니까.

— 잘했구나, 쿠엔.

마이는 쿠엔에게 베트남으로 돌아가라는 말을 쉽게 꺼내지 못하고 있었다.

— 쿠엔, 만약에 말이야. 네 어머니가 살아계신다면 보고 싶지 않겠어?

쿠엔은 다음 말을 기다렸다.

— 쿠엔, 며칠 전에 쿠엔의 작은형에게서 연락을 받았어.

오래전에 알고 있던 사실이었다.

— 엄마가 살아계시데요?

— 쿠엔, 네 말대로야. 살아계시다고 했어.

쿠엔이 벌떡 일어나서 마이의 손을 잡았다.

— 정말이에요? 누나.

— 작은 오빠가 그랬어. 살아계시다고.

마이는 쿠엔의 엄마가 맹인이 되었다는 말을 차마 하지 못하고 망설였다.

— 작은 오빠가 너를 보내달래. 어머니가 너를 무척 보고 싶어 하신대.

— 그렇지만 누나, 누나만 두고 어떻게 나만 갈 수 있겠어요?

— 가야만 해.

마이는 방화혐의를 의심받고 있다는 말은 하지 않았다.

— 가기 싫어요, 누나.

— 가야만 해. 가서 네가 해야만 할 일이 있어. 여기서는 할 일이 없어. 할 일이 없으면 살아갈 수도 없지.

— 안 갈래요, 누나.

— 왜 가야만 하는지 말해줄게. 엄마는 앞을 볼 수가 없어. 폭탄의 섬광으로 실명되셨다고 했어. 네가 가서 엄마의 눈이 되어주어야 해.

쿠엔은 말없이 고개를 끄덕였다.

— 수일 내로 떠날 준비를 해. 떠나기 전에 천 사장님께 인사드려야지.

아침나절의 봄햇살 아래에서 바다의 잔잔한 물결은 생선의 비늘처럼 반짝이고 있었다. 마이는 쿠엔과 함께 철길 옆의 경사면에 핀 파피(Poppy)꽃을 꺾었다. 파피꽃은 캘리포니아를 상징하는 꽃이었다. 상징이야 어쨌건 그 황금꽃이 아름다워서 꺾었다. 저 옛날 인디언들이 추위와 기근을 쫓아내기 위해 하느님이 불꽃을 보냈다고 믿은 꽃이었다. 파피꽃은 양귀비꽃보다 더 화려한 황금잔이었다.

― 누나. 더 꺾어요?

― 쿠엔, 좀 더 꺾어. 천 사장님 사모님에게도 드려야지.

마이와 쿠엔은 두 다발을 만들어 묘지로 갔다. 꽃을 무덤 앞에 놓고 고개를 숙였다. 그들은 서로 다른 그리움으로 각자의 눈물을 흘렸다.

> 살아서는 갖지 못하는
> 그런 이름 하나 때문에
> 그리운 맘 눈물 속에
> 난 띄워 보낼 뿐이죠
> 스치듯 보낼 사람이
> 어쩌다 내게 들어와
> 장미의 가시로 남아서
> 날 아프게 지켜 보네요
> 따라가면 만날 수 있나
> 멀고 먼 세상 끝까지
> 그대라면 어디라도
> 난 그저 행복할 테니

― 장윤정의 「초혼」에서

― 쿠엔, 우리 가족이 살던 집 알지? 그리로 가면 엄마와 작은형을 만날 수 있을 거야. 그리고 가서 주스장사를 하려무나. 우리 집 뒤뜰에 있는 별사과나무 아래를 파봐. 항아리가 하나 나올 거야. 우리 가족 중에 누군가 집에 돌아가지 않았다면… 항아리 속에 금 열 개가 들어 있어. 그걸 팔아서 엄마 눈을 고칠 수 있는지도 알아보고.

― 누나, 누나는 언제 와?

― 식구들을 찾으면 바로 돌아갈게.

― 누나가 꼭 왔으면 좋겠어.

― 알았어 쿠엔. 어쩌면 가족을 찾기 전에 갈지도 몰라.

마이가 쿠엔의 짐을 싸고 있을 때 이 화백과 현주가 캔버스 두 개를 갖고 왔다.

― 쿠엔, 내가 줄 것은 이 그림밖에 없네. 이건 하나의 그림인데 두 캔버스에 나눠 그린 거야. 퐁니, 퐁넛 마을의 그림이야. 하나는 쿠엔에게 주고, 하나는 마이에게 줄게. 다시 만나게 되는 날 두 캔버스를 합치면 하나로 완성되는 거야.

마이와 쿠엔은 처참한 그림을 오래 보지 못했다. 무서운 그림이었다.

― 고맙습니다. 이 선생님, 사모님.

이 화백은 그림 하나를 쿠엔의 여행용 가방에 넣어주며 말했다.

― 쿠엔, 마이, 언젠가 돈이 필요하면 정부기관에 보여주고 살 수

있는지 물어봐. 큰돈은 아니더라도 집 한 채 값이 될지도 몰라.

그림을 본 마이는 자신이 살아있다는 사실 하나만으로도 충분하다는 생각이 또 들었다. 끔찍한 광경이었지만, 마이는 그림 속에서 살아있는 자신을 발견했다.

쿠엔을 공항까지 태워다 주고 돌아오는 저녁에 많은 비가 내렸다. 빗속을 달리면서 마이와 현주와 이 화백은 아무 말이 없었다. 세 사람은 각기 각자의 과거와 미래를 생각하고 있었다. 마이는 다시 혼자가 된 운명으로 조나단을 위해 해야 할 일을, 현주는 영수가 무슨 생각을 하고 있는지를, 그리고 영수는 또다시 노를 저어가야 할 바다를 생각하고 있었다. 빗줄기가 모빌 홈의 양철지붕을 때리는 소리가 쿠엔의 가는 길에 쏟아대는 축포 소리처럼 들렸다.

이 화백과 현주는 허탈한 마음으로 빗소리를 들으며 잠을 청했다. 현주는 긴장이 풀렸는지 이내 깊은 잠에 빠져들었다. 이 화백은 현주의 고른 숨소리를 들으며 모로 누운 현주의 옆얼굴을 내려다보았다. 불면의 밤은 점점 더 또렷한 기억들을 불러내어 그를 괴롭혔다.

해변가에서 너무 많은 것을 보았다. 거기에는 명 회장의 불타는 배가 있었고, 쿠엔의 활이 있었고, 천 교수의 검은 G.M.C 트럭이 있었다. 이 화백은 꿈에서 깨어난 사람처럼 벌떡 일어나서 침실의 창문을 걷어 재꼈다.

비가 온 날 아침의 바다는 더욱 선명하게 그에게 다가왔다. 눈부신 햇살에 잠에서 깬 현주가 다가와 그의 팔을 잡았다.

― 어머, 저기 바다 위를 보세요. 쌍무지개가 떴네요. 좋은 일이 있으려나 봐요.

― 좋은 일이 생길 거야, 현주.

현주가 이 화백의 팔에 얼굴을 기대고 웃었다. 이 화백은 현주의 어깨를 감싸안으며 지난밤에 내린 결론에 대해 말하기 시작했다.

― 현주, 우리도 돌아갈까? 어머니가 계신 곳으로 돌아가자구. 어머니의 토지에 안겨서 가족이 함께 살아가는 거야. 가족만이 지고의 선이야. 누구에게도 가족을 떼어놓을 권리는 없어. 미국의 제도 역시 인간을 위한 최상의 모델은 아니야. 이제는 평등이니 정의니 민주니 하는 말이 다 공허하게 들려. 모든 나라가 다 민주라는 이름을 붙이잖아. 그렇지만 백성이 주인이 된 적은 한 번도 없어. 어디에도 없어. 한 표를 행사하여 주인이 되었다고 착각할 뿐이지. 좌익이 더럽다고 우익이 깨끗한 것은 아니야. 좌는 우를 향해서 가고, 우는 좌를 향해서 가지. 한 바퀴 도는 기찻길처럼. 정의, 평화, 평등, 민주 같은 이룰 수 없는 단어들은 속임수를 위한 좌익들의 전술적 용어들인데 이제는 우측 사람들도 그걸 강조해. 백성을 통치하기 위한 수단으로. 어쩌면 정부 따위는 필요 없는 존재인지도 몰라. 명 회장 말이 맞는지도 모르지. 일정한 주기를 두고 혁명을 하는 것! 그것이 최선인지도 몰라.

현주는 듣고만 있었다.

― 나는 상인들의 요구가 어느 정도는 먹힐 줄 알았어.

― 그래도 여기만큼 자유가 넘치는 나라는 없을 거예요. 평화스럽기도 하고요.

― 그럴지도 모르지. 그렇지만 불가항력적으로 선택할 수밖에 없는 자유가 진정한 자유일까? 빈곤할 자유라는 것도 있을까? 평화라는 것도 마찬가지야. 입으로 들어가는 것이 똑같을 수는 없잖아. 그래서 이룰 수 없는 것 중에 하나가 평화야. 평화처럼 보이는 고요함은 복종의 다른 말일 수도 있어. 법은 칼이고 칼인 법 앞에서 백성은 속수무책인 거야.

― 너무 깊이 생각하지 마세요. 당신 말대로 이순신이 다시 살아 돌아오진 않아요.

― 맞아, 활로는 총을 이길 수 없지. 활로 총을 이긴 이는 이순신뿐이니.

― 현주, 당신을 여기 두고 나 혼자만 갈 수는 없어.

― 저도 혼자 남지 않겠어요.

― 어머니의 토지에 안겨서 자연의 명령대로 살아야지. 가족들과 함께…

쇼핑센터가 잿더미로 변한 다음, 리차드의 형제들은 현대식 쇼핑몰로 재건축을 하기 위해 보험회사를 상대로 거액의 보험금을 청구했다. 보험회사의 화재감식원이 발화지점의 잿더미에서 불에 그슬려 검게 변한 화살촉 하나를 발견했는데 그것을 쓰레기통에 던져 버렸다.
형제들은 리차드의 병실에서 최종결론을 내렸다. 리차드의 장남이 동의했다. 다음날 리차드의 생명연장 장치는 제거되었다. 리차드는 어둠의 긴 장막 속으로 들어가고 있었다.
막이 내렸다.
태양이 서쪽 하늘을 붉게 물들이자 뭍으로 나갔던 물새들이 다시 바다로 돌아가고 있었다.

- 끝까지 읽어주셔서 감사합니다.

작가 후기

사유(思惟)
- 그 불확실성에 대하여

혼돈(서브프라임 모기지 사태)과 역병(팬데믹) 속에서 살아남아 밥을 먹는 것이 기적이라는 생각이 든다. 5년 동안 노심초사했다. 1년을 쓰고 나서, 사람이 사람을 피하던 3년 동안 도서관은 문을 닫았고 나의 사유는 몸살을 앓았다.

다시 1년을 쓰면서 당초의 사유는 변질되었고, 나 역시 늙음을 피해가지 못했다. 보고 들은 기억을 되새기는 것은, 가뭄으로 굳어진 땅을 파는 노역이었다. 사건의 얼개와 순서가 역사의 시점과 일치하는지 확신할 수 없다.

당대에 맞은 두 번의 혁명(4.19와 5.16)과 두 번의 전쟁(6.25와 베트남전)만 해도 버거운 인생일 것인데, 그에 더해서 불어닥친 두 가지 문화적 충격(스마트 기기와 인공지능)은 최후의 일격을 맞은

격투기 선수처럼 나를 휘청거리게 만들었다.

아날로그 세대의 마지막 주자로서 디지털 문명에 저항하는 힘도 이제 고갈되어 간다. 이제는 아무도 길을 묻지 않는다. 스마트폰의 길안내는 인간의 기억을 뛰어넘는다. AI가 사람의 바둑을 이긴다.

자, 그러면 인생의 길을 누구에게 물을 것인가.

소설을 사실처럼 기술하는 것이 글쓰는 이의 기술인지, 사실의 왜곡인지도 잘 모르겠다. 다만, 유년의 일부 기억만이 나의 역사일 뿐이다. 바둑판에 놓는 흰돌이 완착인지 묘수인지 독자들의 혜안에 맡길 뿐이다. 패착만 아니라면 족할 것이다. 모든 것이 불확실한 가운데 글을 마친다.

- 책을 안 읽는 시대에 왜 글을 써요?
아내의 물음이다. 나는 언제라도 그 물음에 답할 수 없을 것 같다. 거기에 산이 있어 산에 오르는 것처럼 문자가 있음에 글을 쓰는 것일 뿐. 세종대왕 만세!

2024년 5월 San Jose, Homestead 도서관에서
진광열